30

Das Andere

Das Andere

Ginevra Lamberti
Por que começo do fim
Perché comincio dalla fine

© Editora Âyiné, 2023
© Ginevra Lamberti © Marsilio Editori, 2019
Todos os direitos reservados

Publicado por acordo com o proprietário
através de MalaTesta Literary Agency, Milão.

Tradução: Cezar Tridapalli
Preparação: Érika Nogueira Vieira
Revisão: Thiago Arnoult, Valentina Cantori, Andrea Stahel
Imagem de capa: Julia Geiser
Projeto gráfico: Daniella Domingues, Luísa Rabello

ISBN 978-85-92649-78-4

Âyiné

Direção editorial: Pedro Fonseca
Coordenação editorial: Luísa Rabello
Direção de arte e produção: Daniella Domingues
Coordenação de comunicação: Clara Dias
Assistência de design: Laura Lao
Conselho editorial: Simone Cristoforetti, Zuane Fabbris, Lucas Mendes

Praça Carlos Chagas, 49. 2º andar. Belo Horizonte 30170-140
+55 31 3291-4164
www.ayine.com.br | info@ayine.com.br

Ginevra Lamberti

POR QUE COMEÇO DO FIM

TRADUÇÃO Cezar Tridapalli

Âyiné

Para Federica e Paolo

*Sotto questo cielo nero
come un cimitero
io ci spero.*

Angela Baraldi, *Mi vuoi bene o no?*

Não ter um lugar

Estávamos no sofá, minha mãe e eu, assistindo a qualquer coisa na televisão. Não me lembro se era um documentário, uma reportagem ou alguma análise mais profunda no telejornal. Acho que o assunto eram os cemitérios e a prática do luto dentro daqueles confins. Acho que era isso porque depois de alguns minutos, sem nem olhar para mim, minha mãe perguntou, mas você acha que estamos erradas em não ter um lugar?

Primeiro

Quando fica claro que não
é só uma questão de dor

(outono-inverno)

Pensamento número um: os objetos não desaparecem se nós desaparecemos

Inumação
Art. 75
1. Para a inumação não é permitido o uso de caixas de metal ou de outro material não biodegradável.
2. No caso de cadáveres procedentes do exterior ou de outro município para os quais haja obrigatoriedade da caixa dupla, as inumações devem estar sujeitas à realização, na caixa metálica, de cortes de dimensões adequadas, retirando-se também temporariamente, se necessário, a tampa da caixa de madeira.

«Regulamento de polícia mortuária», *Diário Oficial*

Lina

Um dia dos dias em que eu tinha uns cinco anos, vejo minha avó, aquela produzida no Vêneto e que de agora em diante chamaremos de Teresa, que se arruma para sair e diz se arruma você também.

Depois diz vamos, e eu pergunto vamos aonde? Responde a um funeral, e eu pergunto ao funeral de quem? Responde ao funeral da tia Lina. Eu paro e fico com os olhos marejados por duas razões principais: a primeira é que eu

Primeiro

não sabia e não esperava, a segunda é que nos cinco anos anteriores eu aprendi a noção de que nesses casos ficar com os olhos marejados é aquilo que se deve fazer.

Teresa diz, com um tom seco, em sintonia com a sua constituição, não chore, ela não ia querer que você chorasse.

Teresa só falava italiano comigo, mesmo que a sua primeira língua fosse o dialeto, usava os subjuntivos certos porque sabia usá-los, me ensinava a tabuada, queria ter estudado e não pôde, rezava o terço, juntava os pontos do Mulino Bianco, votou na Democracia Cristã enquanto durou a Democracia Cristã, gostava do pão crocante e da casca mais do que do miolo, me comunicou que íamos ao funeral da sua irmã (de uma delas) sem nem me olhar de frente enquanto apanhava os sapatos embaixo da escada, porque nos sessenta e cinco anos anteriores ela compreendeu a noção de que nesses casos ficar com os olhos marejados é aquilo que não se deve fazer.

Eu sabia que tia Lina estava doente, que tinha um tumor no seio como aquele que tivera Teresa muitos anos antes. Nessa época minha mãe, que de agora em diante chamaremos de Tiziana, tinha uns catorze anos. Dizem as histórias que a doença que acharam nela era um daqueles carcinomas, que eu não sei exatamente o que quer dizer do ponto de vista médico, mas dá uma ideia dos ventos que sopravam em casa, naqueles dias situáveis em torno de 1970.

Tirando as guloseimas, Teresa não era uma pessoa que escolhesse. Colocada diante de qualquer opção, nem que fosse só você prefere macarrão com ou sem molho, respondia invariavelmente para mim tanto faz. Assim como, obsessiva, a cada capricho meu, ela me lembrava de que a *erva do quero* não existe nem no jardim do rei (e eu me via incapaz de retrucar porque estava ocupada demais me perguntando mas que jardim, mas que rei), do mesmo modo devia ao longo dos anos ter desenvolvido a convicção de que ter preferências era alguma forma de pecado (ganância, orgulho, vai saber). Aquela vez da doença cancerosa (diagnosticada no pequeno hospital de Vittorio Veneto, província de Treviso) parece que, em vez disso, sem pensar muito, comunicou Tiziana que para se curar iria a Pádua, na província de Pádua. A razão era que precisava *andar inte un mar grando*, ou, digamos, ir até um mar grande. Para o mar grande ela partia acompanhada de Tiziana, e lá se iam, de ônibus. Até onde sei, nunca falavam muito, acho até que o trajeto era feito em silêncio. O cobalto e a cirurgia daquela vez modelaram Teresa na amada forma em que a conheci, com o peito descarnado pontuado de manchas azuis que pareciam tatuagens e um braço inchado de líquidos nunca mais drenados. Por causa daquele braço, o menino dos vizinhos, quando a via, cantava «I'm Popeye, the Sailor Man», um fato bastante inconveniente e que agora, pensando bem, provocava bastante riso.

De tia Lina eu sabia portanto que estava doente, e mesmo assim a sua morte me pegou de surpresa, pois era claro que já naquele tempo eu tinha o defeito de acreditar na cura como sinônimo de solução mais que de oportunidade.

Depois dos olhos marejados e do convite para eu me segurar, não tem mais nada, o arquivo não conserva vestígios do funeral. Há, no entanto, outros três fichários relativos a épocas posteriores.

O primeiro contém a foto em branco e preto, mostrando Lina um pouco mais jovem e ainda com saúde, que por todos os anos seguintes ficou colada na portinhola do armário da cozinha. Eu ficava parada de vez em quando olhando para ela e refletia sobre o fato de que talvez não fosse absurdo pensar que um dia ela voltaria, como um dos personagens das novelas a que eu assistia com Teresa (*Santa Barbara* na cabeça), que às vezes estavam mortos e estropiados, mas depois de diversos capítulos na verdade se descobria que não estavam mais. O segundo é uma noite uns quatro anos depois, que naquela idade é um tempo enorme, quando sonhei com ela no escuro de um quarto que me brindava com a luz de uma lamparina a querosene como aquelas de que me falava Teresa, ao contar que elas, quando crianças, não tinham eletricidade. Lina estava sorridente, dizia coisas de que não me lembro.

O terceiro é o mais próximo ao funeral. É o dia em que Teresa, Tiziana, eu e outras mulheres da família passamos esvaziando a casa em que antes Lina morava. Tratava-se de decidir quais objetos guardar e quais enfiar nos sacos pretos. Objetos em tudo que é lugar, que não desaparecem quando nós desaparecemos. Abrimos as portas de todos os cômodos, esvaziamos os armários, levamos todas essas partes menos biodegradáveis da vida para a sala grande a fim de agilizar as operações de separação. Depois, não sei como, a massa de objetos, e nós com eles, foi parar no jardim, na grama, sob a luz de um raro dia de sol. Na grande sala eu tinha gostado de um conjunto de escovas, pentes e espelhos decorados com flores, talvez de cerâmica, talvez azul e branco, ou verde e branco, ou verde e azul, mas que foram jogados fora. No jardim brinquei um tempão com um ovo para cerzir meias feito de madeira.

Lina foi levada para o pequeno cemitério da colina. Com a mãe e o pai, ao lado do meu avô materno e da sua primeira mulher (esta última chama a atenção entre os caros entes mortos, dentre todos a única que abertamente ri, com a cabeça um pouco jogada para trás, olhos fixos na câmera, e quando cruzo seu olhar em sépia, sempre penso em minha tia, ou melhor, na filha dela, quando diz que toda manhã acorda e beija a foto, e não consigo entender seu luto particular, mas posso entender que nunca deixa de esperar).

Depois foi a vez de Teresa subir a colina. Foram necessários mais quinze anos. À luz da doença senil que a martirizou nos últimos sete, eu disse várias vezes a mim mesma que as coisas podiam ter se passado melhor; à luz do fato de que podíamos não nos encontrar mais, concluo que está bem assim (uma postura marcadamente do nordeste, onde se usa aos montes o provérbio que diz *pitost che nient l'é mejo pitost*, ou seja, alguma coisa é melhor que coisa alguma, e que no momento em que escrevo descubro ser na verdade meio que difundido por todo o norte, confirmando para mim que ao norte, muitas vezes, temos problemas para nos relacionarmos com a parte menos sombria da vida). O arquivo não conserva vestígios do funeral porque no funeral eu não estava presente, eu estava de férias depois das provas de conclusão do ensino médio, e, quando perguntei a Tiziana se eu devia voltar, ela disse que não, que eu já tinha feito tudo o que podia. Acreditei nela e fiquei em Florença, no acampamento em cujo banho encontrei a verruga que me faria mancar até o Ano-Novo, mas acho que os fatos não estão ligados entre si.

Nos meus diários dos últimos seis anos, procurei a descrição de um sonho que se passava no cemitério em cima da colina e que me parecia propício para chegar a alguma conclusão. Encontrei uma anotação de 23 de agosto, três anos atrás, que diz somente: «As velhas listas telefônicas com os números dentro para ligar para os mortos». Acho que eram nove e quarenta e sete da manhã.

Primeiro

Tonino

O momento em que Tonino – que em sua vida de mortal exerceu muitos papéis, entre eles o de avô paterno da minha pessoa – parou de ser visível aos nossos pequenos olhos, eu não encontro jeito de explicar senão tomando distância do hoje e voltando quase a 2015, quando era quase inverno, era quase Natal. É quase inverno, é quase Natal, estou no ônibus e depois de uma rápida parada em terra firme estou voltando à segurança da laguna.

Dentro do ônibus e possivelmente também fora são sete e cinquenta, a menina sentada ao meu lado lê a *Cosmopolitan* e se concentra nos testes.

Com a desculpa da proximidade, espio as páginas e, entre os vários testes, avisto um que quer descobrir se você, como mulher, «compartilha demais». O trecho é decorado com balões explicativos que dizem coisas do tipo: «Sabe o que eu comi no almoço?», «A minha psiquiatra disse que não sei me segurar», «Tive um sonho incrível, vou te contar», «Ah, não, acabou de novo o lubrificante».

Aqui dentro, graças à quantidade de passageiros, faz o calor confortável das manjedouras. Achei um lugar para me sentar e isso contribui para melhorar o meu humor. Tiro da bolsa o celular modernoso, meu novo companheiro depois de ter aposentado contrariada o anterior, a Tocha Com Teclas. Aproveito a afortunada proximidade com a menina da *Cosmopolitan* para transformar a página do teste em um brilhante status de Facebook.

Viajei a noite toda em um carro compartilhado com desconhecidos. Tratava-se de uma carona encontrada num site de caronas. Nos últimos tempos esse sistema está muito em voga, inclusive por causa do aumento nas passagens de trem. Acho que é uma coisa razoável, pois é como uma carona em que você paga uma contribuição mais modesta pelo combustível e que, afinal, serve para diminuir o risco de ser violentada e morta. Não dormi, e, quando não se dorme, as coisas parecem ficar mais próximas no tempo e no espaço. Poucas horas atrás eu estava em Roma, na praça da República, e estava um dia de sol esplêndido. Um dia de sol esplêndido com a greve geral dos transportes. Esperei horas naquela praça, até que acabassem as passeatas, caísse a noite e chegasse a minha carona compartilhada.

Quando não se dorme, as coisas parecem ficar mais próximas no tempo e no espaço.

E então, vô?, digo confiante em um verão de dois anos antes daquele quase 2015.

E então, linda do vô, estamos aqui, velhinhos, mas olha o que encontrei ontem. Levanta-se com mais agilidade do que quando se sentou e, forte, com um impulso de outros tempos, vai pegar o ouzo. Sei que não é o vô porque belisco a ponta dos dedos e não sinto nada. Estou dormindo pesado em algum lugar, não consigo lembrar onde. Faz pouca diferença, pergunto a ele como vai a namorada da Transcaucásia ocidental. Ele me diz bem, talvez a gente se case, mas a vó eu vou ver no cemitério todo dia. Tira a tampa e diz alguém que me deve um favor me trouxe da Grécia. Ele sempre tem alguém que lhe deve um favor, desde que o conheço.

Ele precisava me mostrar uma coisa que tinha encontrado ontem, mas acho que já esqueceu. O que estou fazendo aqui?, dá vontade de perguntar, mas eu obviamente não pergunto, até porque não estou lá. Mas, sim, estou na frente da porta de vidro voltada para o terraço do apartamento dos meus avós. É pequeno e a vista dá para aquelas habitações populares que dão para estas habitações populares rodeadas por habitações populares. É o sexto de sete andares, os ladrilhos são cor de tijolo, o parapeito é branco. No meu campo de visão entram dois gatinhos que correm e brincam, são filhotes. Um é ruivo, o outro branco e preto com um rabo comprido e vaporoso. São Ginger e Achille, mas o negócio me parece bem estranho. Um pouco porque Ginger e Achille morreram faz tempo na rua, mas principalmente porque nunca foram apresentados um ao outro.

Os gatinhos se perseguem e brincam até que Ginger escorrega e cai. Não me mexo, uma voz fora de mim diz incline-se no parapeito e olhe, você não pode fazer nada. Diz está acontecendo com todos. Inclino-me e vejo que de muitos outros terraços caíram muitos outros gatos. Não há sangue. Sinto algo parecido com um consolo, todavia procuro um sistema para proteger Achille. Com o pensamento costuro uma rede verde de trama bem fechada que alcance todo o terraço, ninguém mais deve cair, ninguém mais deve sair. Não consigo terminar a tempo, Achille corre, escorrega e cai. Eu me debruço de novo e o vejo esparramado e chato, suspenso no ar. Tem o aspecto de um esquilo voador magérrimo. É tão fino que não se limita a planar, é erguido pelo vento e em três lufadas volta ao sexto andar, para mim. Agacho-me olhando para ele toda aliviada, é uma folha de papel em que há alguma coisa escrita e que não consigo ler. Espero que volte a ser gato, mas nada feito. Tem consciência de si e entendo que continua folha porque está ofendido. Ficou mal porque eu não acreditava que ele fosse capaz.

Quando acordo é de novo o quase 2015. Faço uma coisa que nunca faço: mexo devagar a silhueta escura, amassada de sono, que é a pessoa que divide comigo muitos sonos, comidas, tempo, e que de agora em diante chamaremos de Sacca. Digo a ele tive um sonho absurdo, vou te contar.

O que o impressiona mais é a questão do sexto andar, diz mas certeza que era o sexto andar? Mas ainda moram lá? Digo a ele que a vó morreu há dez anos, o vô ainda está lá. Digo a ele agora que não adianta mais lembrar, esqueci todos os números de telefone do mundo, mas o dele não se apaga, mesmo que o use pouco, zero seis quatro zero seis zero quatro...

Quando não se dorme, as coisas parecem ficar mais próximas no tempo e no espaço. Quando crianças, ensinam a prática da confissão, e você passa longos anos indo regularmente falar com um funcionário da Igreja mais ou menos ancião. Uns minutos antes você luta para encontrar alguma coisa crível para dizer a ele, a conclusão é mais ou menos sempre a mesma: falei palavrão, e às vezes não obedeci a mamãe e a papai. O funcionário te absolve e prescreve um punhado de ave-marias e um punhado de atos de contrição para disparar no banco da igreja assim que você sai do confessionário. Os anos passam, você chega a perguntar para os avós o que mais pode dizer para esse funcionário. Eles pensam um pouco e concordam que a versão dos palavrões é a melhor. Você pergunta até para o seu pai, ele te olha com infinita ternura e diz mas que pecado você quer cometer. Então, visto que se passaram anos e não tem ainda nada para falar, você se convence que talvez seja verdade que você é boa, e se você é boa a confissão não adianta. Para de se confessar, para de ir à igreja, para de pensar na existência ou não de deus (não para de acreditar, partindo do princípio de que no fundo você tenha sempre acreditado, ou não acreditado, no fim das contas; para de pensar nisso e pronto, à espera da inevitável crise mística da idade madura). Começa a crescer e a viver como pessoa grande, muitas vezes você gosta muito, é muito raro acontecer de você fazer algo realmente nocivo. Você olha em volta para aqueles que, ao contrário, cometem erros grotescos e se convence de que provavelmente você é boa mesmo (uma vozinha lá no fundo sugere sortuda, talvez caiba melhor sortuda). Começa a pensar cada vez mais em si mesma, nas alegrias, futilidades, nos projetos grandiosos, nas grandes dores e nos cansaços, seja como for, pensa em si mesma. Tudo te justifica, você é boa e é justo que nesse percurso de bondade, trabalhos e perdas você pense em si mesma. Daí, um dia que você teve um sonho estranho, que queria a todo custo contar para o seu companheiro de sono, sua mãe te liga. Diz tenho uma má notícia, o vô morreu.

Digitei aquele número que não se apaga e falei com a sua segunda mulher, a transcaucasiana, uma senhora com a voz tão fina e que nunca vi pessoalmente. Choramos juntas, ela chorava de dor e eu de vergonha. Depois que liguei, falei e desliguei, senti por um instante que tinha feito a coisa certa. Esse agradável efeito paliativo se exauriu quase na mesma hora. Dentro de poucos minutos, voltei a me perguntar quando foi que comecei a pecar. Refletia sobre um jeito de voltar a 1987, ir até a casa dele e dizer olha, essa coisinha que mal anda, com a blusinha rosa, preste bem atenção, porque nos últimos dois anos da tua vida ela não vai aparecer. O motivo vai ser não ter trabalho, o motivo vai ser ter trabalho, vai ser dinheiro e vai ser tempo, o motivo vai ser a saúde de papai e o motivo vai ser a morte dele, os motivos vão ser muitos e válidos. Poupe-se ao menos de comprar para ela a Casa da Barbie.

Eu, vô, juro para você, se você me esperava na primavera eu podia ir, eu tinha dito que estava nos meus planos chegar na primavera. Agora estou bem e pronta para escutar, entender e adorar. Esperem-me todos um pouquinho mais, pois cresci e tenho uma porção de coisas em que pensar.

Quando não se dorme, as coisas parecem ficar mais próximas no tempo e no espaço.

Estamos eu, um engenheiro de computação do exército, Casimiro – o militar de Barletta –, Jessica – a chilena de Veneza – e uma contadora de Meolo. Hoje a vida tem uma afinidade bem grande com o conceito de piada. Eu estava falando da viagem de volta no carro compartilhado. Eu a organizei às duas da madrugada do dia anterior. O bom desse sistema, melhor conhecido como *car sharing*, é que se gasta pouco. O que não se sabe se é bom ou não é que você deve ficar trancado em uma cabine por horas com completos desconhecidos. Pelo menos, fico pensando, cheguei antes dos outros e isso me permite ocupar o banco da frente. Só preciso aguentar a pena de Casimiro, que reclama de estar apertado me chamando de Gilberta.

Casimiro diz não pegue essa estrada que é bobagem, daí manda mensagem de voz para o seu colega de Pordenone explicando que está em companhia de duas potrancas loiras incríveis, acrescenta que só a da frente é meio uma intelectual metida a besta. Depois me pergunta se eu tiro uma *selfie* dele com as duas potrancas loiras. Renuncio à tentação de explicar que, se tirar eu a foto, não é mais uma *selfie*. Compartilha o clique em todos os murais de todos os militares da Itália. Ele me pergunta se eu estava em Roma aproveitando, eu lhe digo que estava em um funeral, ele diz mas é sério? Faz cara de triste de repente, e é sincero, falo que não precisa se preocupar e que, em vez disso, era muito importante que ele continuasse a falar idiotices pelo restante da viagem. O engenheiro de computação no volante decide que é chegado o momento de comentar as nossas fotos de perfil no Facebook, imagino que ele foi olhá-las durante a parada em algum restaurante à beira da estrada e evito pensar o porquê.

Primeiro

Jessica parece menos incomodada e começa a falar do ex-marido, depois do namorado, depois combina com Casimiro que esta noite vai pegar uma amiga coreana e levá-la para dançar. Trocam números, contatos, perfis. Parece que a coreana fala só inglês enquanto ele aposta na linguagem do corpo e no fato de que trouxe consigo camisas boas. Jessica por sua vez está feliz, pois assim, depois do jantar, terá alguém a quem empurrar a amiga e poderá passar um tempo com o seu homem. Acho que é um lindo final feliz, e nas histórias eu gosto de final feliz. A contadora está em silêncio e espero que não esteja prestes a se jogar do carro em movimento.

As coisas estão tão próximas no tempo e no espaço que é como tê-las todas naquela cabine.

Ontem à noite eu era hóspede do meu primo, da mulher e das crianças. Estamos em Roma, o apartamento em que moram é aquele da minha primeira infância, fica no térreo do mesmo prédio do sonho. Após meses na lista de espera, meus pais o ocuparam forçando a porta de vidro da varandinha, e então ele nos foi oficialmente designado. Tudo está diferente, meu primo foi pedreiro e naquele espaço limitado inventou soluções impensáveis. Só o que ficou foi um cheiro no ar, que identifico como talco. Não achei nada depois no banheiro. Acho que talvez tenha acontecido um uso desmedido desse produto entre o final dos anos 1980 e o início dos 1990, tão exagerado que as paredes se impregnaram dele.

Dormi numa caminha de criança, enfurnada num edredom Tom & Jerry, enchendo o saco de um amigo pelo chat porque eu precisava ser absolvida. Ele vive e trabalha num lugar ermo e toda hora digo que ele devia voltar, que todo aquele descampado vai deixar ele maluco. Desta vez eu conto o sonho dos gatos em busca de explicações racionais e ele diz que eu me dei mal, pois acredita na existência da alma.

Explica que segundo ele é uma questão científica, como a Terra girar em torno do Sol. Não sabemos ainda explicá-la, mas um dia conseguiremos. Já que me parece bem-disposto, pergunto se na opinião dele é possível que os transcaucasianos costumem lançar mau-olhado. Responde que eu devo parar de delirar, mas que de qualquer maneira vai se informar com uns conhecidos.

Depois do funeral, realizado na igreja vizinha, de Santa Maria del Soccorso, subi até o sexto andar e enfim entrei no apartamento dos meus avós. Evitei chegar perto do terraço. Tudo estava idêntico a oito anos antes, e portanto estava idêntico a sempre.

No reflexo do vidro da janelinha me vejo perambular por aquele pequeno mausoléu mobiliado. Não tenho coragem de procurar a parte do papel de parede em que a vó marcava com a caneta o avançar do meu crescimento. A expressão «o avançar do meu crescimento» nessas horas me dá náusea. A única coisa diferente é esta senhora toda de preto, parecendo um corvo, que acendeu uma vela atrás da cabeceira da cama. Diz que na Geórgia é tradição e ela agora vai ficar acesa noite e dia.

Antes de ir embora com álbuns de fotos inúteis debaixo do braço, olhei para a senhora-corvo, guardiã de um relicário ainda cheio de imagens com a minha cara. Não tem mais ninguém, tirando as paredes, os objetos e as nossas sombras que comem a ceia de Natal e o almoço de Páscoa, sombras que volta e meia brigam, naquele ponto perto da cozinha há dois se estranhando, mas param logo, sabia-se bem que o vovô e o papai tinham menos fôlego do que raiva. A sombra da vovó se refresca com o ventilador, daí fica na cadeira de rodas depois do derrame mais manhosa

Primeiro

do que uma menininha. Mas como se faz para viver aqui dentro?, digo à senhora, a ele não posso mais pedir desculpa, então digo você me perdoe porque sou malcriada. Ela me diz para não chorar, que na Geórgia dizem que as lágrimas atrapalham a viagem.

As coisas estão tão próximas no tempo e no espaço que é como tê-las todas aqui na cabine. Estamos quase chegando a Mestre, se tudo correr bem consigo pegar o 2 das sete e cinquenta para Veneza. A contadora de Meolo está tão feliz de se ver livre de nós que voltou a se expressar em monossílabos. Eu posso deixar todos eles, esquecê-los, voltar ao hoje e dizer duas últimas coisas.

O corpo de Tonino padeceu, e isso talvez nem mesmo um artista pudesse remediar. Tinha perdido todos os seus quilos a mais e era uma uvinha-passa com uma careta no rosto. Não pude tocar nele, no sentido de que não fui capaz. Aproximo-me um pouco e jamais toco nele. Tenho grande admiração por quem tem intimidade com o defunto e o acaricia com amor, mas tenho este problema de que, quando o corpo para de ser um lugar acolhedor para a vida, paro de acreditar nele, parece-me uma traição, começo a olhar em volta, onde você está se não está mais aqui?

Tonino encontrou sepultura no Verano, não sei bem como, já que o Verano parece estar perto do *sold out*. O motivo que me deram é que, de outra forma, a mulher não conseguiria ir visitá-lo, o que é comovente, mas ainda assim incompreensível em uma cidade de três milhões de habitantes. Vovó, por outro lado, repousa há mais de uma década em Prima Porta, e em ambos os casos nunca fui levar uma flor por uma série de motivos sempre muito válidos. Por exemplo, que ir aos cemitérios com tais meios de transporte é uma viagem na viagem, mas principalmente que, ao chegar lá, não vou ter ideia alguma de como encontrar suas sepulturas. Eu estou acostumada com o cemitério da colina, onde em cinco minutos você já percorreu lápides, gavetas e ossário, e não sei como se faz em lugares assim tão gigantescos para encontrar alguém sem que haja ao menos interfones.

Nós

Os objetos demoram mais, só que também não é verdade que a gente desapareça imediatamente. A embalagem que fomos deve ser recolhida, colocada em um saco preto, sob um lençol branco. Existem algumas questões que, perseguindo-nos em vida, perseguem-nos também na morte. Como as distâncias, os prazos, o dinheiro, a densidade populacional. Em todo o caso e aconteça o que acontecer, parece claro que alguém precisa se ocupar disso.

O que eu faço quando não estou escrevendo (uma mudança)

Calvário

Se um dia eu tiver um filho, vou chamá-lo de Calvário, dizia Norman no início da nossa amizade. Então o tempo passou e um dia, dentre os dias que moramos juntos na nossa primeira casa, Norman chega na sala com um manequim de torso masculino que, como torso, é desprovido de pernas, braços e cabeça. Ele entrou num trem para Veneza partindo de Pasiano di Pordenone porque sei lá quem na família dele tinha fechado uma loja de roupas e estava se livrando do mobiliário. O torso é todo preto, tem abdome sarado e fica sobre um pedestal. Norman, todo orgulhoso, me apresenta o busto, diz este é Calvário.

No início, nós não levamos Calvário muito a sério, mas ele sim nos levou. Desde aquele dia, ele acompanhou o caminhão da mudança para todas as casas, todos os bairros, andou de *vaporetto* e a pé, convenceu amigas e amigos a nos ajudarem com o transporte porque ele lhes inspirava simpatia, usou regata de algodão listradinha, de pedreiro, asas cor-de-rosa, de fadinha, recortes de jornal com o escrito MACHO ADULTO E CONSCIENTE. Nós ainda o carregamos de um lado para o outro, nos habituais *Cafés da manhã com Calvário*, quando o levamos ao bar, e ele parece gostar.

Primeiro

Elezi

Em dado momento ficou claro que a casa não nos queria mais. Não é que eu acredite em fantasma, é só que eu nunca acreditei naquele fantasma porque acreditava na minha maioria de referência. Tratava-se, portanto, de um dado realmente não discutido depois, que na casa houvesse um sexto inquilino, isto é, a velha da poltrona do andar de baixo, que deixava marcas na banheira do andar de cima e mexia na maçaneta da porta do quarto de Giulia, até o dia em que Giulia resolveu a situação desparafusando-a, mantendo só a maçaneta interna e deixando separada a outra para poder entrar de novo. Eu nunca ouvi nada, no geral não ouvia muito e depois de um tempo pensei que a velha me deixava em paz porque eu era muito pouco reativa, daí até pensei que eu a havia criado. De fato, nunca considerei viver com pessoas que se sugestionavam e se amontoavam umas nas outras. É uma opção plausível, mas torna tudo menos interessante em termos anedóticos.

A casa era um sobrado que ficava no rabo da ilha, que, como se sabe, é um peixe. Moramos ali desde não sei que dia de setembro de 2012, até fugirmos de lá no 1º de janeiro de 2014. Fazer uma mudança na manhã do primeiro dia do ano é algo para pessoas motivadas, principalmente se você não tem uma real alternativa. Silvia se arranjou num cubículo com um corredor, por onde os seus novos colegas de casa passavam para ter acesso ao terraço, onde estendiam as roupas. Giulia foi parar em um sofá em Mestre, Norman no outro lado da cama de casal da quitinete de uma amiga que morava na ponta ainda mais extrema do rabo da ilha. Eu, por minha vez, me ajeitei no outro lado da cama de casal da tumba etrusca de Sacca, isto é, da sua quitinete, também situada em Mestre, dentro de um apartamento compartilhado com nunca soube quem, já que os moradores mudavam toda hora. Posso, porém, com razoável certeza, afirmar que eram todos músicos, e que volta e meia todos precisavam ensaiar para as apresentações. Aquele que parecia ser mesmo o dono de dia tocava klezmer, à noite lia ensaios sobre o nazismo. O quarto era uma tumba etrusca porque, descascadas e esburacadas, as paredes nunca voltaram a ser rebocadas e pintadas. O apartamento, em resumo, era um acúmulo irrecuperável de poeira e entulhos.

Parte dos nossos pertences deve estar ainda amontoada em porões e depósitos dos amigos dos amigos; na época, alguém experimentou dizer que talvez fosse o caso de não ter pressa. Nós, porém, em relação ao fato de precisarmos deixar a casa e de termos de fazê-lo até 1º de janeiro, nunca tivemos dúvida disso.

Quando estávamos ainda lá, éramos, então, Norman, Giulia, Silvia, Calvário e eu. A mim, Norman e Calvário, coube o quarto-túmulo de uso duplo (duas caminhas de solteiro, uma escrivaninha pequena, um armarinho sem porta) e o banheiro correspondente do térreo. A Giulia e Silvia os dois quartinhos de solteiro e o correspondente banheiro do primeiro andar. Giulia e Silvia tinham o contrato, Norman era o excedente de que a dona da casa estava a par, eu era a excedente de que a dona da casa não estava a par. Se preferirmos, eu era o outro inquilino fantasma além do inquilino fantasma. Calvário era Calvário.

Para os nossos padrões, coisas como dois banheiros, o pátio pequeno, o teto com terraço e a máquina de lavar representavam um luxo sem precedentes. Depois se somaram outros opcionais, como o constante refluxo de esgoto da fossa estragada, a enchente na sala que apodrecia o compensado

Primeiro

dos móveis, as infiltrações nas paredes, a velha da poltrona, as intimações para comparecer à delegacia endereçadas ao pregresso – e inencontrável – inquilino. Uma após outra, nós as pendurávamos com ímãs na geladeira, fomos nos familiarizando com a sua não presença até que sua identidade se fundiu com a da velha da poltrona e então ela, o fantasma, começou a ser chamada como ele, o ex-inquilino. Oi, Elezi, gritávamos entrando ou saindo de casa, tenha uma boa noite. Uma manhã, às sete, a campainha começou a tocar furiosamente, e nós, das nossas camas, dos nossos andares, ficávamos debaixo das cobertas berrando chega, Elezi, Elezi, encheu o saco, Elezi, para que é cedo, ou pelo menos traga brioches. Ninguém levou em conta a hipótese de que se tratasse de uma pessoa. No fim era Sacca, que trabalhava ali perto e queria nos fazer uma surpresa. Olhamos para ele com umas caras estranhas, quando percebemos que ele havia trazido brioches.

Outro dia ainda eu estava no degrauzinho da porta da frente telefonando, com tudo aberto pela óbvia razão de que, entre as várias calamidades ligadas ao sobrado, podia-se elencar também a total ausência de sinal. Eu estava no degrauzinho telefonando justamente para o Sacca e vejo alguém que passa na minha frente e segue adiante, depois volta, olha a casa e segue adiante, daí volta outra vez e para. Pouco se importando com o fato de eu estar ocupada em uma conversa, ele me diz desculpe, você mora aqui? Porque eu sou Elezi.

Desliguei o telefone mantendo os olhos bem fixos nele, porque eu não queria que ele sumisse num piscar de olhos, ou enquanto eu apertava um botão, igual naqueles filmes tipo *Batman*. Ele me perguntou se por acaso havia chegado o seu documento com o código fiscal, e, como havia mesmo chegado e também estava pendurado na geladeira, trouxe para ele. Daí explicou, falando mais com a rua e com a casa do que comigo, que ele não queria fugir, tinha precisado ir para o mar a trabalho, e, como não queria não pagar os aluguéis, tinha ido para o mar a trabalho justamente para isso, e que, fosse como fosse, ele, para manter aquela casa de pé, havia feito de tudo e muitos serviços de alvenaria e manutenção, mas a casa não tinha jeito, a casa era uma bagunça. Ofereci-lhe um cigarro de tabaco e depois mencionei as intimações para que comparecesse à delegacia, perguntei se ele as queria. Ele, naquele momento, olhou para o chão e riu como alguém que acha divertido, mas divertido mesmo. Ele disse não, não, elas são por causa de um outro negócio, aliás, sabe o quê?, preciso ir agora, e rindo abertamente se afastou com passos ligeiros.

Ação número um:
Taffo Funeral Services

Sepultamentos
Art. 76
1. No sepultamento, cada caixão deve ser posto em gaveta ou túmulo ou nicho separado.
2. As gavetas podem ser de vários planos sobrepostos.
3. Cada gaveta deve ter um espaço externo livre para acesso direto ao caixão.

«Regulamento de polícia mortuária», *Diário Oficial*

O título do Harmony não está evidente por causa dos dois dedos que o cobrem, mas em linhas gerais deveria se tratar das aventuras de um garanhão italiano. Da dona dos dedos e do Harmony já não me lembro da cara. Na parada seguinte sobe um que se senta à esquerda dela, e é um personagem que eu tinha inventado um tempão atrás, mas depois tinha me esquecido dele. Deve ter rodado muito pelo mundo, daí voltou e disse oi, estou aqui. Usa um terno meio elegante meio não, mas acima de tudo tem lindos cabelos compridos e, ao contrário dos meus, limpíssimos, pré-grisalhos, o que é diferente de propriamente grisalhos; e ainda grandes óculos redondos, uma pasta de couro com documentos para consultar enquanto afasta o topete, revelando o olhar típico de quem quer torcer o pescoço de todo o vagão, começando pela tipinha de cabelos oleosos que olha fixamente para ele desde que chegou, como a dizer oi, você está aqui. Sempre seguindo pela esquerda, um banco vazio depois do pré-grisalho, está uma mulher com bolsa de plástico decorada com mandalas. Não me lembro dos sapatos de ninguém, mas estou bem certa de que todos os tinham escolhido de acordo com o próprio gosto, ou escolhido segundo o gosto de outros. Escolhido os sapatos, o xampu e o cabeleireiro, escolhido não ir de jeito nenhum ao cabeleireiro, para economizar e comprar a bolsa, escolhido economizar com tudo isso por uma outra razão que seja, escolhido os óculos e o título do Harmony. Naquela hora tão quieta, naquelas paradas tão desguarnecidas, escolhido inclusive o vagão do metrô no qual entrar e o banco em que se sentar. Escolhido os fones de ouvido, escolhido olhar em volta como alguém que ameaça desequilíbrio, ou como alguém que não está nem aí sequer para o apocalipse, escolhido todo dia todas as coisas com as quais paramentar a vida.

Pouco mais de dois meses atrás me perguntaram mas por que você não faz um livro sobre os túmulos, sobre os epitáfios, coisas assim? A minha intenção de não escrever, por um instante ainda não muito bem definido, até então bastante firme, vacilou. Então eu perguntei mas você quer dizer um ensaio ou assim uma ficção? Disseram isso eu não sei. A intenção de não escrever voltou ao controle da situação e eu disse seja como for, não, não agora.

A germinação, porém, tinha sido iniciada e nas semanas seguintes não fiz outra coisa a não ser pensar em *como*, mais do que no *quê*. O ponto de chegada do pensamento, ou seja, o ponto de partida do livro, foi a ideia de que, para escrever, não basto a mim mesma. Eu precisaria das palavras de outras pessoas e precisaria ir atrás delas, uma por uma.

Anos atrás, ao escrever as primeiras coisas que depois viriam a ser publicadas, eu notava que me era inevitável entremeá-las de sugestões que poderíamos definir como sepulcrais, ou cemiteriais. O luto sempre mordeu os calcanhares da minha família, e as reações sempre variaram entre a oração, a gozação, a loucura, a negação, o pânico, o silêncio. Se for ver bem, nada diferente do resto do mundo.

Elaborei então uma lista de nomes de pessoas, nomes de empresas, nomes de associações, e comecei um trabalho movida mais pela inevitabilidade do que pela vontade. O primeiro compromisso devia ser obrigatoriamente com o presente, ou seja, com aqueles que, conscientes do *que* estavam comunicando, em um certo momento começaram a refletir sobre *como* teria sido apropriado fazê-lo. Uma semana atrás eu estava em um funeral, pensava que raras vezes a realidade me pareceu tão irreal, manchada por uma narrativa incoerente. Se eu não gosto de um livro, um filme, uma série, tenho a opção de não acreditar neles. Então, digo, se a vida é mal escrita, talvez eu possa não acreditar nela e continuar negando frontalmente a mais descarada evidência. Quem sabe começar esse projeto bem agora não seja a melhor das ideias, mas a germinação iniciada é inevitável, e esse metrô não está destinado a parar.

O modo mais econômico para chegar aonde preciso chegar é primeiro o metrô e depois o ônibus, o mais rápido e simples é primeiro o metrô e depois o táxi. Como prova de que os anos passam, opto automaticamente pela opção fácil e veloz. Começo pela casa de meus primos, que, como sempre, quando passo pelo vão da porta em direção à saída, me dão todo um treinamento para saber lutar lá fora, no mundo real,

Primeiro

que não é como no pé da montanha. Em resumo, antes que eu saia, me dizem que, quando achar um taxista, fale para ele não reparar no sotaque, que é como se você estivesse disfarçada, mas na verdade você é daqui, diga entre Tiburtino III e Colli Aniene, mas diga isso a ele de um jeito sério, senão ele passa você para trás com o preço. Eu respondo sim, sim, digo sim, digo sim, depois não digo nada. Quer dizer, digo só aonde preciso ir, olho lá para fora, condescendendo se ele quer fazer algum discurso tipo tem muito tráfego por causa da chuva, mesmo que não esteja chovendo já há uns bons dez minutos, e eu estou no táxi há três. Daí diz que a cidade está um nojo, a cidade está abandonada, mas que não é bem culpa Deles, porque Eles não podem se arriscar a ponto de mudarem tudo, não os deixam fazer as coisas. E eu digo pois é. Enquanto isso eu penso no Czar Pai, que sofria pelo povo que sofria, mas aqueles que estavam ao seu lado o aconselhavam mal e principalmente o impediam de fazer aquilo que ele tinha vontade de fazer, isto é, o bem do povo, e então ele sofria ainda mais, diziam ao povo, dizia o povo.

Quando começamos a chegar aonde devíamos chegar, vi que os prédios desapareciam e alargavam-se as ruas e os espaços abertos do entorno. Quando chegamos de verdade, o verde dominava tudo, o vento tentava varrer as nuvens conseguindo apenas penteá-las, uma estátua do papa João Paulo II me dizia olá e, em seguida, não tenha medo.

Na hora de pagar, peço informações ao taxista e digo a ele que em algum momento também terei de voltar. Ele ri da piada involuntária. Seja como for, a resposta dele é: você liga ou pede para ligarem, que mais cedo ou mais tarde alguém vem buscar você.

Então eu dou uma encarada e passo pelo João Paulo, atravesso decidida a soleira e digo salve, ou melhor, bom dia. Um instante depois encontro-me acomodada em um sofá branco a bebericar café num copinho de papel. Olhando tudo em volta, vejo uma Vespa vermelha na frente do guichê da recepção. É uma Vespa antiga, lustrosíssima assim como lustrosos são os caixões dispostos um passo adiante, ao longo de todo o perímetro do salão de exposição.

Estou na sede de uma das mais famosas empresas funerárias do país. A fama deles superou os limites regionais graças a uma campanha bem-sucedida que subverteu o conceito de comunicação relativa ao luto. Quando comecei a vê-la circular, a ver seu conteúdo, pensei numa brincadeira bem-sucedida, numa *fake* de qualidade.

Então estou ainda no sofá branco e acho que acabei de jogar o copo do café no cestinho. Espero Alessandro Taffo. Nesses vinte minutos de vez em quando trocava umas ideias com o pai. Como se estivesse falando do tempo, digo a ele quanto verde, ele me diz sim, com um sorriso comedido. Digo que vi lugares de atividades análogas espalhados pelas colinas, imagino que seja devido à proximidade com o cemitério Laurentino. Ele diz a concorrência não nos dá trégua, há muita inveja. Depois volta à questão do verde e explica que eles têm a intenção de criar no terreno uma plantação de oliveiras, com árvores frutíferas no centro, que funcione como uma área de dispersão das cinzas dos animais de estimação. Estamos em fevereiro de 2018, Taffo Pet teve esse lampejo somente no último setembro e já está obtendo algum sucesso. Depois volta às suas coisas, despedindo-se com cortesia, e me deixa de novo lá, observando.

Uma cabeça de cavalo e um anjo, uma mulher neoclássica com a cabeça enfeitada de flores, o logo da empresa é um Coliseu noturno encimado por uma fina lua crescente. Por uma porta em cuja parte superior está escrito PROIBIDA A ENTRADA DE NÃO FUNCIONÁRIOS sai um rapaz muito novo, usa a jaqueta amarelo-neon da polícia mortuária. Pela mesma porta sai também um senhor na casa dos setenta, usa um jaleco branco. Espio rápido e penso estão todos ali, no fim do corredor comprido, passando a porta que fica ao lado da máquina de café. Paro de imaginá-los e volto a me concentrar na entrada, onde um arco divide a ala da recepção daquela reservada à exposição dos caixões. Simples, laqueados, decorados com o rosto grande de um Jesus Cristo pintado com cores vivas. De onde vem, ainda, esse cheiro tão forte de talco?

O recepcionista fala com um dos rapazes da polícia mortuária (eles vão e vêm em grupos, todos muito jovens como o primeiro que vi) e, mostrando a ele uma urna verde, alta e estreita, diz veja, essa não está boa porque está bamba, e discutem a respeito. Dizem ser preciso deixar isso claro à senhora, mas que a senhora gostaria, de qualquer modo, de colocá-la sobre o piano, então tudo bem no caso de querer fixá-la em cima.

Depois o recepcionista pergunta ao rapaz o que você quer, ovos frescos? Olha que hoje só tem ovos frescos.

Alessandro Taffo

O nome dele, assim como dos outros membros da árvore genealógica que conheci, é bastante adequado para o personagem de um romance que pertença ao gênero da grande saga familiar. Mas este não é um romance e Alessandro Taffo é, até onde posso ver, uma pessoa real.

Como acontece às vezes com as pessoas reais dotadas de consciência do próprio papel, ele é também esteticamente aderente ao estereótipo. Para caber no estereótipo de uma figura profissional cujo arquétipo eu nem sabia que estava contido no meu imaginário, pelo menos até o momento deste encontro. A figura profissional em questão é a do diretor comercial de uma empresa funerária líder do setor. Alessandro Taffo veste um terno preto, usa sapatos de bico fino, lustrosos e pretos como eu só tinha visto nos pés de homens russos ou nos shows de Nick Cave & the Bad Seeds. Tem olhos muito azuis, correntinhas e anéis de prata no pescoço e nos dedos, numa ousadia controlada, nenhum detalhe ultrapassa os limites do bom gosto. Tem a autoridade do cargo de responsabilidade e a magreza de quem tem um metabolismo furioso.

A família Taffo se ocupa desse setor há cinco gerações, ou seja, desde 1940. Pergunto se há algum significado particular por trás da logomarca noturna que vi na entrada, mas descubro que a lua crescente é puro acaso, proposta pelos profissionais que foram pagos para isso.

Durante a conversa, esse tipo de resposta reaparece com frequência. Lá onde eu estava procurando a bizarrice anedótica, encontrei a linearidade da profissão em meio à qual se foi crescendo. E como foi a infância? Foi, diz ele, uma infância tranquila, talvez diferente. Os grandes falavam sempre de trabalho, em casa respirava-se o perfume dos caixões mesmo sem tocar neles. Assim como foi um percurso normal acompanhar o pai até o trabalho, primeiro por brincadeira e depois por profissão, era normal ir no carro funerário com o corpo.

Conta então que o setor é peculiar e delicado, que muitas coisas mudaram desde os tempos das carroças e dos caixões entalhados a mão. Lá onde para o avô, então atuando em Abruzzo, o lugar de integração e autopromoção era o bar do vilarejo, hoje são, por força das circunstâncias, as redes sociais. E agora eu sei que todos gostaríamos de imaginar a família Taffo completa, todos sentados à grande mesa de uma hipotética cozinha dos Taffo, tomando café da manhã de pijamas, anotando ideias para o novo meme do dia, trocando tapinhas nas costas, nessa você se saiu bem, mas nessa aqui não, pelo contrário, que fiasco, vamos lá, vai, vamos seguir com o brainstorming, lá pelo meio-dia você vai ver que alguma coisa aparece.

Pois é, eu sei que gostaríamos talvez todos de imaginar a cena desse jeito, mas a Taffo Funeral Services é uma empresa fúnebre que se ocupa de coisas fúnebres, e para os assuntos de comunicação conta com agências de comunicação, que, à luz de competências próprias e específicas, ocupam-se de interpretar e apresentar fielmente ao mundo a linha indicada pelos clientes.

Então é isso que Alessandro Taffo quer dizer quando explica que, com relação às primeiras escolhas referentes à comunicação, eles procuraram desde o início ficar do lado da vida, fazer entender que ela é respeitada, promovendo campanhas baseadas em segurança nas estradas e no trabalho. Diz então, e isso o faz espichar um meio sorriso, que graças ao percurso de renovação das campanhas promocionais empreendidas por eles, ou pelos netos, em termos de percepção social passou-se do esconjuro para a curiosidade.

Antes ainda de ser comunicativa, a mudança foi de caráter econômico. Este, ele esclarece, foi o primeiro passo em direção ao novo: funerais parcelados, a confiança na hipótese de venda com opções de financiamento ad hoc. Passo tão difícil quanto necessário em um contexto de despesas acachapantes. Os hábitos mudam e a pressa toma conta, a morte é vivida em espaços pequenos e não se sabe onde colocar o defunto.

Se a família atingida pelo luto é, como muitas, também duramente atingida pela crise, diz Taffo, acontece às vezes de se viver o fim como uma libertação, mesmo na tragédia.

Os hábitos mudam, continua, e a cremação chegou a quarenta por cento do faturamento da Taffo Funeral Services. É uma escolha peculiar diante da tradição muito católica do país. Um país, a Itália, onde cremação foi desatravancada com muita dificuldade pelo poder espiritual, e só em 2001 regulamentada pelo poder temporal.

Mas como é, então, a sua relação com a fé? Ótima, ele responde, evito os xingamentos, temos uma capela da família.

Digamos, então, que se tratava de uma escolha particular em relação à tradição, e ao mesmo tempo compreensível se pensarmos nos aspectos práticos. Em uma cidade como Roma, vêm ganhando terreno a dispersão das cinzas e a guarda em casa, pois, embora se queira poder fazer disso apenas uma questão de dor, o luto se torna também uma questão de espaço, de custos e de distâncias difíceis de percorrer.

Para quem, por outro lado, deseja viver a cerimônia como um verdadeiro acontecimento, como uma festa, entram em cena os serviços de *funeral planning* e decoração. Alguns, ele me conta, escolheram um caixão pintado com as cores do time do coração ou da crença política de preferência, outros escolheram ser acompanhados pelo próprio automóvel.

Primeiro

Penso na campanha publicitária por meio da qual os conheci. Um dia, que terá sido talvez no ano de 2012, navegava a esmo pela linha do tempo da minha rede social. Num determinado momento eu vi sorrindo para mim, da tela, com ar sereno, uma mulher daquelas que usam creme Q10 para peles maduras. Usava alguma coisa brilhante no pescoço. A imagem era adornada pelo slogan: «Era a luz dos teus olhos, deixe que ela continue brilhando».

A diamantificação das cinzas, um dos meus assuntos preferidos, é também o que me deixa meio mal. Disseram que havia grandes expectativas a respeito disso, mas até o momento a demanda é irrisória. Diz Alessandro Taffo que as escolhas inovadoras sempre dão medo, mas daqui a alguns anos chegaremos lá levando esse serviço conosco. Daí eu penso sim, esperamos que o futuro chegue e seja luminoso, que as pedras preciosas originadas dos restos mortais de nossos entes queridos, ou dos nossos, sejam as melhores amigas de todos, independentemente do gênero, que contribuam para a superação do problema do espaço funerário, mas no fim das contas também para a exploração dos recursos minerais.

Não são, além disso, somente os seres humanos que podem ser diamantificados.

«Há quem os abandona e quem os guarda para sempre», diz a página do site da Taffo Pet.

Alessandro Taffo confirma que hoje os animais de estimação têm cada vez mais importância por diversas razões, uma das quais é que em algumas ocasiões eles vão substituir os filhos ou, de modo mais geral, a família. No momento de sua partida, é então razoável que se vivam momentos de desespero. Diz que um amigo verdadeiro deve ser honrado, não descartado. A diamantificação e transformação do companheiro peludo numa joia funerária é uma possibilidade, no momento percebida como mais excêntrica, junto com a relíquia (anel ou pingente) contendo parte das cinzas ou tufos de pelo («Uma lápide de amor para eliminar a distância»), mas existem também opções mais clássicas. Retirada do corpo em casa com carro funerário especificamente destinado aos *pets*, eventual restituição em domicílio, certificação de cremação individual, ampla escolha de urnas com ou sem foto comemorativa, menos ou mais elaboradas, possibilidade de estar presente na cremação, sala de acolhimento, webcam para assistir à cremação on-line em caso de impossibilidade de chegar ao local...

Levantando-me da cadeira no gesto de encerrar o encontro, acaba que pergunto desculpe, mas antes de entrar ouvi dizer que havia ovos frescos para o almoço, fiquei me perguntando, por acaso é algum vocabulário técnico de vocês ou existem mesmo galinhas aqui?

Alessandro Taffo ri pela primeira vez e, balançando a cabeça, diz que não, não é vocabulário técnico, que como eu percebi lá fora eles têm muito espaço aberto e daí mantêm galinhas, mas também outros animais de criação. Na verdade, diz, tudo começou com os cavalos, pelos quais meu irmão é apaixonado. Estão bem aqui, pastam, testemunham nosso amor pela vida e o quanto acreditamos nela.

Nesse momento, acompanhada, saio, e enquanto chamam um táxi para mim pergunto por que tem uma Vespa estacionada na recepção. Também neste caso, esperando por mim sabe-se lá qual revelação, também neste caso ouvindo-me responder porque gostamos de automóveis antigos, ou ainda e de novo, tive vontade de dizer mas não disse, porque gostam das coisas da vida.

Enquanto espero o táxi, fico lá fora, ao vento que ainda sopra e trouxe o sol pleno, e olho nos olhos um bicho atrás da cerca dos animais de criação. É uma grande cabra preta que me encara e por alguma razão eu acho muito divertida. Os minutos passam e entendo que nenhum taxista na verdade quer ir até lá. Lá se vão pelo menos vinte minutos antes de encontrar um que não se importa e leva outros dez minutos para chegar, e eu calorosamente agradeço a todos e embarco, e calorosamente cumprimento o taxista e constato que, com todas as evidências, o único que não se importa é o sósia de Giovanni Lindo Ferretti, que fuma uma erva no carro e tem um esqueleto de borracha pendurado no espelho retrovisor.

Segundo

Quando fica claro que nem mesmo nesses lugares se está livre do contato com o fim

Pensamento número dois: frear a decomposição

Art. 78

2. O projeto de construção de um crematório deve ser acompanhado de uma lista na qual vêm ilustradas as características ambientais do local, as características técnico-sanitárias da instalação e os sistemas de proteção do ar contra a poluição com base nas normas vigentes relacionadas.

«Regulamento de polícia mortuária», *Diário Oficial*

Quando os instrutores nos perguntaram por qual motivo decidimos entrar na academia, Norman respondeu para frear a decomposição. Não vivemos mais juntos, então a certa altura decidimos que podíamos pelo menos fazer a mesma academia.

Daí que Norman respondeu aquilo da decomposição aos instrutores, que, apertados em seus tecidos tecnológicos, uns preferindo a camiseta de manga curta (os velhos), outros a regata fluorescente (os jovens), riram todos. Então quer dizer que existe senso de humor também entre tais paredes, pensamos, então quer dizer que não vamos ser marginalizados, assinamos, entregando-nos ao fitness.

Talvez eu esteja errada, mas fortaleci a convicção de que nas décadas anteriores aos anos 2010 foi se criando e se alimentando um grande mal-entendido, isto é, que estar em boa, quando não mesmo em excelente forma física equivalia na melhor das hipóteses a ser superficial, na pior a habitar os profundos abismos da estupidez.

As exceções, pelo que me lembro, eram os feitos heroicos dos arautos dos esportes radicais como o *free climbing*, a solitária navegação à vela no Ártico, o salto de um penhasco vestindo um traje de esquilo voador. Parece óbvio então que no esporte, assim como na música, assim como sabe-se lá onde mais, campeão bom é campeão morto.

Dizíamos que para ser inteligente você devia ser gordo, corcunda o bastante e possivelmente começar a ter problema de coração antes da meia-idade.

Chest machine, abductor machine, afundo, ponte para glúteos, *crunch* no tapetinho e outras coisas que um pouco antes dos trinta teriam me enchido de pavor como talvez só a palavra fimdesemananastermas. Quando, no estado atual das coisas, um fim de semana nas termas é, no terreno da ironia, o que anseio com mais ardor.

Por ora, comecemos pela academia, e, assim como é verdade que em Veneza as fotos ficam tortas porque Veneza é torta, também é verdade que em Veneza tudo tem a forma de Veneza. Disso deriva o estupor de quem, passeando sossegado ao longo da fundação que sustenta a academia, com um braço detém o próprio companheiro de caminhada e com o outro aponta para nós, os pobres bocós das ergométricas. Ficam ali um tempo, parados, olhando-nos, e sorriem.

Em novembro, quando começamos, usávamos camisetas desbeiçadas com escritos do tipo I LOVE PAVIA e calças de moletom manchadas de alvejante. Em um mar de microfibra, as únicas toalhas de algodão (seção toalhas de bidê), retiradas dos guarda-roupas das avós (vivas ou mortas), são as nossas, e são elas que nos acompanham há pelo menos treze anos, desde o alvorecer dos primeiros dias de universidade. Em novembro, percebo mais uma vez que a vida, quando é um estereótipo, me dá segurança.

Na academia, então, existem as loiras e as morenas, sem grandes nuances no meio. São elas que repetem as sequências de exercícios sem aparelhos com os cabelos soltos e sem nenhum indício de funcionamento das glândulas sudoríparas. São silenciosas e ligeiramente mal-humoradas. Param de tempos em tempos e miram o vazio do espelho por alguns minutos, respiram fundo e eu não consigo explicá-las.

Na academia há os sarados. Se são novinhos, como já apontado, têm preferência por regatas e cabelo raspado ou parcialmente raspado. Quanto mais frio está lá fora, mais chegam já com os braços à mostra, apenas com os tênis para trocar, enchem as máquinas com pesos até estourar os cabos. A julgar pelos gemidos de pterodátilo, que ficam mais profundos a cada levantamento, é de pensar que não ter dignidade na dor é o segredo do sucesso deles.

Se, por outro lado, estão na casa dos cinquenta e subindo, existem duas opções tricológicas: o careca reluzente e o Renegade (comprido, crespo, grisalho, com camiseta de uma antiga banda qualquer de metal).

Há ainda as fisiculturistas ou aspirantes a tal, digamos as muito grandes, categoria à parte que observo faz um tempo com temor e admiração. Gosto principalmente de uma ruiva natural. Tem olhos verdíssimos, ombros que dizem talvez eu não faça isso, mas se eu quiser posso espancar você.

Em julho, Norman, que se dedicou mais do que eu durante todo o inverno, praticamente parou por causa dos inúmeros trabalhos acadêmicos e de uma conversa ouvida que poderíamos resumir assim: as mulheres de direita são mais gostosas do que as de esquerda.

Em julho decidi ir de duas a três vezes por semana, começo a não sentir mais a coluna travada dia sim dia não, entrevejo um sinal de bíceps, fiz um corte semirraspado para não suar na nuca, interrompo as séries de exercícios com minutos de recuperação em que miro o vazio do espelho porque, agora entendi, se não fizer isso, acaba que você se quebra.

Quando saio da sala o celular volta a encher de notificações não ignoráveis, as emergências se acumulam sob forma de peregrinos globais (assim chamaremos os turistas, a fim de lhes dar uma dignidade narrativa) com ar-condicionado que parou de funcionar, que desligaram o aquecedor e perguntam por que estão sem água quente, incrédulos diante das chaves quebradas na fechadura, perdidos com telefones quase sem bateria. A academia, nesse sentido, é o meu novo buraco na parede, espaço em branco para ficar observando até que surja na cabeça algo que não seja relativo ao moto-contínuo do trabalho, e em vez de desistir entro lá com as orelhas tampadas.

No entanto, nem mesmo nesses lugares se está livre do contato com o fim, e isso também ameniza os preconceitos. Pedalo tranquilamente sem carga, bem consciente de que um dia os nossos pontos de vista não nos servirão mais para merda nenhuma. Ouço os discursos de quem recentemente perdeu alguém e se compara com quem perdeu alguém faz tempo. Ouço os discursos de quem tem alguém recuperado, tem alta do hospital e vai logo correr na esteira para colocar distância entre si e o dia em quê.

Por que começo do fim

Quando saio da sala o telefone volta a tocar e às vezes não é trabalho. Acontece, digamos, que o telefone toca e é Nicola, com quem não falo há muito tempo, com quem a bem da verdade não falo quase nunca, mas às vezes você está caminhando e ele irrompe na sua frente com uma câmera fotográfica e faz *clic*. Ele me diz estou aqui com Giovanni e comentávamos o fato de que amanhã você vai estar em Milão para fazer umas coisas. Vasculho palmo a palmo os cantos residuais da memória de curto prazo, corroídos pelos aperitivos e pelo antiproibicionismo. Não acho nada sob o título Milão, nada, nem mesmo sob o título fazer coisas que não sejam limpar apartamentos de turistas e entregar chaves. Ao que digo a Nicola: Nicola, por favor, pode perguntar ao Giovanni precisamente o que eu tenho para fazer em Milão amanhã? E Nicola diz vou passar para ele, e Giovanni, com sua voz convincente, no sentido de que é muito baixa, então você se concentra muito para entender o que ele diz, a ponto de depois sempre acreditar naquilo que ele diz, diz que amanhã você vai visitar o cemitério Monumental, eu vi no Facebook.

Daí eu, suspirando de alívio, digo a eles Giovanni, Nicola, amigos queridos, vocês nunca devem olhar as minhas participações nos eventos do Facebook, porque eu confirmo minha participação em qualquer coisa, para disfarçar o fato de que, em geral, já faz alguns anos que eu tendo a me trancar em casa.

Mas, acrescento, mas preciso dizer que eu deveria tentar ir a Milão dentro de duas ou três semanas, a fim de entrevistar os que querem sepultar pessoas trancando seus restos mortais em um ovo biodegradável, mas ainda não podem porque na Itália é ilegal. Após um instante de previsível silêncio, dizem tudo bem, que seja, quem sabe quando a gente se encontrar você explica.

O que eu faço quando não estou escrevendo (a faxina)

Hoje eu limpei a secadora porque um polonês decidiu que era uma boa ideia ejacular em cima dela. Fiquei meio ofendida já que a secadora é algo de que eu acho que vou me lembrar sempre colocando-a entre as grandes conquistas da vida. Depois, pensei que talvez ele também, como nós, tenha vivido muito tempo sem o benefício de alguns eletrodomésticos de uso comum. Talvez tenha se emocionado, e como posso eu me enraivecer diante das emoções, eu dizia às luvas de borracha, ao alvejante em spray, à própria secadora, à veia que latejava na minha testa. As emoções são importantes.

Em 1º de março de 2014 era ainda Carnaval e desembarquei aqui com Giulia, em um apartamento no terceiro andar, livre de enchente, salvo calamidades do tipo fim do mundo como as conhecemos, com dois grandes quartos de casal para uso individual, paredes brancas, um terceiro quarto para alugar aos peregrinos globais mediante depósito específico, e assim tornarmo-nos vassalos (vavassalos? vavassores?) da *sharing economy* para pagar o aluguel enquanto se trabalha em duas ou três outras coisas na área de qualquer coisa serve. Sonhar – sem a coragem de pensar nisso com demasiada força – em investir um dia numa cidade que duas horas depois da escritura do imóvel será engolida pelas ondas

Segundo

por causa do aquecimento global. Nesse intervalo, familiarizar-se com o algoritmo.

Nos últimos tempos esse sistema está muito em voga inclusive por causa do aumento dos aluguéis/Nos últimos tempos esse sistema muito em voga está provocando aumento dos aluguéis. Eu gostaria de propor uma das variáveis, ou ambas, com uma certeza inflexível, mas vale dizer que os aluguéis eram irreais também em 2005, quando, com outros estudantes, eu estava espremida na decrepitude do ex-depósito de um convento, ganhando intimidade pela primeira vez com o conceito de fora do padrão.

Eu dizia que esse sistema é estruturado de tal forma que você, no momento em que estiver viajando, pode ficar na casa das pessoas em vez de ficar em um hotel, e escolher a quem solicitar um pernoite com base nas avaliações que o lugar recebeu de outros usuários. Sabendo que nenhum sistema é perfeito, penso que é algo razoável, pois sempre dormi nos sofás e no chão dos amigos, às vezes nos sofás e no chão de perfeitos desconhecidos. Do jeito como eu vivo e faço uso disso, é uma espécie de *couchsurfing* em que pago uma contribuição compatível com os meus recursos para ter uma cama cercada de paredes no lugar de um chão no corredor. E, ainda devido à história de sempre, de não ser violentada e morta.

Por outro lado, o que se pode fazer é colocar à disposição os quartos da própria casa aos hóspedes, isto é, aos viajantes, isto é, aos turistas, que de agora em diante voltaremos a chamar de peregrinos globais. Faz-se isso esperando que seja um bom encontro, tentando fazer com que seja, e ao longo dos anos acumulando historietas que, como sabemos, sempre podem ser úteis.

O algoritmo, dizia eu, tem planos para a sua vida. Compõe junções arriscadas seguindo a inquestionável lógica própria. Como o capitalismo, do qual é filho, funciona, mas não tem sutilezas. Fica espantado se o povo se atraca na porrada porque o cruzamento dos dados juntou um chinês e um japonês (são tão asiáticos), um israelense e um tunisiano (são tão semitas), uma russa e duas ucranianas (escrevem do mesmo jeito engraçado). Nesse sentido, não é certo, mas é verossímil, que o algoritmo saiba inclusive quem não vai conseguir abrir as portas, e quem vai perder ou quebrar as chaves. Ele coloca na sua casa todos juntos de uma vez só, talvez pensando que assim acaba logo com essa conversa.

Agora, em compensação, falamos do fato de que nada é para sempre, nem as convivências, nem, fato impensável, a convivência com os amigos e colegas de casa.

Não sei como explicar a situação sem extrapolar os limites da discrição e exposição das nossas coisas, então permito-me mandar uma mensagem para a Giulia pedindo: Giulia, mas para explicar por que os nossos caminhos domiciliares e profissionais se dividiram, posso escrever que enchia seu saco trabalhar com os turistas em casa enquanto enchia meu saco trabalhar com os turistas fora de casa? Acha que é uma síntese bem precisa e ao mesmo tempo discreta? Agora espero a resposta, daí depois a gente vê se o parágrafo precisa ser atualizado.

Enquanto isso, sigo um pouco adiante. Os nossos caminhos domiciliares se separaram, e a minha experiência de uma década na área de coinquilinos se encerrou, para dar lugar ao aluguel turístico profissionalizado, em exatos dois quartos com banheiro compartilhado e interminável luta para o xixi matinal. Para dar lugar, inclusive, à convivência com o agregado Sacca, e assim à criação dos conceitos de superquitinete e de armário difuso.

A superquitinete é quando se convive, com o próprio companheiro de vida, em um cômodo situado em uma habitação compartilhada com outros inquilinos, e caracterizada justamente por um banheiro compartilhado, cozinha semi--habitável, ausência de sala, que, como herança burguesa, já virou outro quarto faz tempo. Na superquitinete a paridade entre indivíduos se define a partir do fato de que o quarto todo para si, aqui, ninguém tem.

O armário difuso é aquele que está em toda e qualquer superfície da superquitinete, incluindo o chão, uma vez que se perceba que portas e gavetas não são suficientes para conter os pertences de ambos.

Houve, porém, um momento em que erguemos o sarrafo das dificuldades possíveis vivendo durante um ano todos os três juntos. Todos os quatro, ou cinco, juntos, se considerarmos a variável dos peregrinos globais em rotação.

Em homenagem àquele ano, que aqui recordaremos também como o ano em que Giulia e eu mais de uma vez mijamos em garrafas de plástico cortadas na metade, queria aqui recordar o momento em que combatemos as forças do mal e as forças do mal eram velhos franceses.

Nós no início adorávamos os velhos, estavam entre os peregrinos mais apreciados. Nós os víamos como disciplinados e respeitosos, que vão dormir cedo e acordam cedo, que ficam passeando o dia inteiro porque não têm tempo a perder. Haviam nos dito cuidado que só foi sorte, cuidado que é uma outra geração. Eles são pretensiosos, têm caprichos e são arrogantes. Mas nós nada, abertas e confiantes no próximo, em todos, inclusive na senhora sueca que escondia o salame no quarto para poder comê-lo no café da manhã.

Daí um dia chega a reserva da parte de um hóspede na casa dos setenta, François, que aceitamos com prazer. Vem para nós, François, esperamos por você, François.

Então, no dia do check-in, no lugar de François chega uma velha com um vestido rosa-bebê, tipo primeira comunhão, que não fala uma palavra em outra língua que não seja francês.

François escreve via sms, o que equivale a dizer via pombo-correio, que aquela é a irmã e que ele havia reservado para ela, já que ela não tinha condições. Diz que ele dorme em outro lugar e que de vez em quando, à noite, a acompanharia até a casa. Ora, eu não gostaria de me exceder nos pormenores da nossa coexistência com a senhora pelas quatro noites seguintes, mas queria ao menos elencar alguns elementos-chave, tornando-os mais eficazes com o acréscimo da colocação *sua vó em rosa-bebê*.

Então agora, você que está lendo, por favor, imagine sua vó em rosa-bebê que volta às três da manhã e até as cinco fica zanzando pela casa acendendo e apagando as luzes, abrindo e fechando todas as gavetas das áreas comuns, abrindo e fechando inclusive o forno.

Pensa na sua vó em rosa-bebê que, depois de ter passado a noite no cassino, se tranca no banheiro para vomitar e depois não o limpa porque está cansada e tem certa idade.

Imagina a sua vó em rosa-bebê que volta para casa com um certo François, que diz que é irmão, mas François adota um sistema para se fazer ver o menos possível. Se, por exemplo, você vai à cozinha, fingindo estar com sede, sabe que vai encontrar François, que mira o escuro para fora da janela com as mãos atrás das costas e, enquanto você fala com ele, não se volta jamais. Ou então François sentado em uma cadeira com os cotovelos sobre os joelhos olhando para o chão, resmungando que estava para ir embora. Pinte com as cores da fantasia a sua avó em rosa-bebê que, às duas da última noite, entra no escuro do seu quarto, bate a porta, e sai xingando pelos cantos. Ali volta a ser a velhinha inofensiva que diz *sorry sorry* e não responde perguntas básicas tipo o que você estava fazendo no nosso quarto, já que no mais não entende nada de nada ou pelo menos finge muito bem.

Neste ponto da história, a certa altura dos meses que se passaram, eu devaneava querendo fazê-lo se tornar o ponto da história em que tenho a visão de Cristiano Ronaldo rodeado de mariposas no meio do campo, na Eurocopa 2016. Atropelado de forma traiçoeira pelos franceses, senta-se no chão aos prantos, com uma mariposa sobre o nariz e centenas de outras mariposas voando ao seu redor, que não se sabe de onde vieram, mas é claro que fizeram isso por ele. Cegada pela raiva só de pensar em Cristiano chorando, estraçalho a cabeça da velha com o mais clássico dos cinzeiros, e então todos juntos, Giulia, Sacca e eu, ocultamos o cadáver, pois embaixo da casa tem o canal, o que quer que seja. A morte dela nunca será punida, já que ninguém vai pedir satisfação, François desaparecerá para sempre deixando muito claro que não é nada.

A sorte da velha, na verdade, foi que eu não escrevo histórias sobre isso, e ela pôde voltar para casa ilesa tanto na realidade quanto na ficção. Não sem antes ter roubado todos os centavos do cofrinho das gorjetas, tanto na realidade quanto na ficção.

Nesse meio-tempo Giulia respondeu à mensagem e disse óbvio que enchiam o meu saco os turistas em casa, depois acabou que eu enfim abri as portas para sujeitos de perfil vagabundo, mas isso por uma forma de autoflagelo cuja natureza não foi ainda plenamente definida.

Ação número dois:
Capsula Mundi

Art. 79
1. A cremação de qualquer cadáver deve ser autorizada pela prefeitura com base na vontade testamentária expressa em tal sentido pelo defunto. Na falta de disposição testamentária, a vontade deve ser manifestada pelo cônjuge, e, na ausência deste, pelo parente mais próximo identificado conforme os artigos 74 e seguintes do Código Civil e, no caso de concorrência de mais parentes na mesma condição, por todos eles.

«Regulamento de polícia mortuária», *Diário Oficial*

Estamos Nicola, Giovanni, Sarah, Andrei e eu em cima de uma rede elástica que no caso específico é também o mezanino de um escritório de arquitetura. Caminhamos ou nos agachamos, os mais ousados se jogam e pulam. Tem capacidade máxima para quinze pessoas de não sei quantos quilos, e um sujeito, acho que o chefe, passa o tempo todo contando, pois nunca se sabe. Em algum dia anterior, peguei um ônibus, por não sei qual motivo, direto para não sei onde, e havia um menino que se balançava e dizia todo mundo vai cair, ninguém consegue se segurar. Em Milão é o primeiro dia do Salão do Móvel e no entorno ficam os pavilhões externos com as festas-buffet-aperitivos de abertura. Giovanni

Segundo

trabalha aqui no lugar da rede elástica e nos convidou para a concomitante festa-buffet-aperitivo. Explica inclusive o porquê da rede elástica, mas eu não entendo bem, algo relacionado com ter permissões para um mezanino de outra forma estreito demais e com provocação arquitetônica. Seja como for, é divertido, quero dizer, parece que estamos nos divertindo. Esta noite eu fico com os amigos, com os amigos que se apresentam aos amigos e amanhã de manhã, quem sabe, no trem de volta para casa, organizo as anotações.

Hoje, ou melhor, esta manhã, desci do trem na estação central de Milão, daí mal dei um passo porque Anna e Raoul vieram do Salão do Móvel até aqui e comemos sanduíches juntos.

Uma das coisas que eu acho que vou gostar de lembrar desses encontros é que eles aconteceram em geral bem na hora do almoço.

Acontece muitas vezes, pelo que percebo, de se perder o apetite de uma hora para outra se alguém por perto fala de coisas excretadas pelo corpo. Há quem fique enjoado por horas e dias ao ouvir falar de menstruação, quem mal tolera as noções de dispersão de fluidos corpóreos e, obviamente, quem não pode ouvir falar de morte e de mortos.

Eu sempre como, mesmo no luto, em qualquer fase, talvez eu coma até mais.

Hipoteticamente, acho que posso admitir que eu perderia o apetite somente diante de um cadáver em decomposição. Abomino, a bem da verdade, a ideia da consumação do corpo na morte. Por isso, desde sempre defendo a prática de pulverizar tudo com fogo assim que o sopro vital tome outro rumo.

Mas falar disso tudo bem, falar, acho eu, pode ser bom, e é possível fazer isso inclusive comendo sanduíche e bebendo cerveja no lado de fora de uma estação de trem, com sorrisos, digamos, alegres, ou pelo menos satisfeitos por ter encontrado outros humanos compatíveis.

Anna Citelli e Raoul Bretzel

Anna e Raoul, designers, falam então sobre o seu Salão do Móvel 2003. Eram dias em que, perambulando entre os estandes, podia acontecer de você esbarrar em uma sala branca de cima a baixo, com um grande ovo no meio, compacto e misturado com tons da terra, do tamanho de uma pessoa. Em cima do ovo crescia uma árvore e as pessoas, parando, perguntavam mas o que é isso? Raoul e Anna respondiam é um caixão.

Um caixão-semente, ou um caixão-ovo. Dizem que no começo as pessoas levavam um susto e tendiam a sair dali, depois eventualmente se reaproximavam e perguntavam alguma coisa, depois falavam de outra, até que o estande de design se tornou um estande de design e psicanálise. Capsula Mundi, semente de terra no branco, respondia à necessidade sempre presente de falar da morte livre de dogmas, onde se pode aceitar a morte como se aceitam o pôr do sol e a gravidade, diz Anna.

É um projeto em que eles acreditam tanto que só seguem isso, porque precisa ser seguido como um organismo, como um corpo. Explicam que no Reino Unido os cemitérios verdes são uma realidade já desde os anos 90 do século passado, e que ao mesmo tempo ali nasceu a figura profissional de acompanhamento para a morte. Um panorama bem diferente do italiano. Pergunto: mas, na opinião de vocês, quando se deu essa diferença? Dizem que os mundos se distanciaram desde quando começamos a ser bombardeados com propagandas reiteradas sobre por quanto tempo e até quando podemos ser jovens, belos e saudáveis num lugar onde a natureza mantém inalteradas, no fundo do corredor, as suas leis (o pôr do sol, a gravidade).

Pergunto a eles por que são designers e como chegaram à Capsula Mundi, projeto até então único e ainda não sondado por nenhuma realidade concorrente. Dizem que ser designer é para eles também responder à pergunta qual é o destino do objeto? Se o destino é somente estético, não lhes interessa e passam adiante. Era importante que o nosso projeto tivesse como essência um objeto simbólico, dizem, um objeto que se dissolve, um objeto que comunique e que mude a cabeça das pessoas. Nós nos perguntamos se o design pode conseguir, pela projeção de um único objeto, intervir no tecido cultural e nas expectativas da nossa sociedade. O tema da morte nos pareceu o tema certo para levar adiante a nossa reflexão. Em geral, na vida, não mudamos o mundo por preguiça, e essa mudança só é viável se pode se tornar um desejo compartilhado. Na França, por exemplo, fizeram uma petição justamente para ter os cemitérios verdes.

A Capsula Mundi se divide em dois: em primeiro lugar a startup que se propõe a colocar na cápsula (um caixão biodegradável em forma de ovo) um corpo em posição fetal que, seguindo o natural processo de decomposição, chegue a se mineralizar, tornando-se então nutriente para uma árvore. O ciclo biológico da vida é assim fechado: reino animal, mineral e vegetal continuarão sucedendo um ao outro. Esse é o nosso projeto original, contam Anna e Raoul, mas é também o que atualmente não é viável enquanto não for legal na Itália. Paralelamente, já oferecemos um serviço que prevê a utilização de uma urna feita com um polímero biodegradável. Analogamente à cápsula grande para o corpo, a urna pequena se decompõe lentamente, liberando aos poucos as cinzas, de modo que permite que o terreno neutralize o PH elevado e se torne nutritivo para a árvore plantada em cima dessa urna.

Dizem que a Capsula Mundi nasceu também a partir de um sentimento de mal-estar com o mundo e com o modo de vida. Pergunto se eles se referem ao estilo que poderíamos definir como produz-consome-morre. Pergunto se acham possível romper a ligação entre morte e consumo, entendida como produção bulímica, e a introdução no mundo de novos objetos ocupando novos espaços. Respondem que a mudança talvez possa partir inclusive de uma reflexão sobre a morte, da consciência de que pertencemos à natureza que nos rodeia e que devemos respeitar. Visitar os entes queridos em um bosque, escolher a árvore que se unirá à nossa cápsula, esses tornam-se momentos de um ritual de humildade.

Raoul (também artesão da madeira, acostumado à vitalidade da matéria) diz que se trata de reequilibrar a presença do homem no planeta, de torná-lo consciente do fato de que as próprias ações têm consequências e que elas podem ser graves; Anna, por sua vez, sustenta que a tradição já não coincide com a realidade, que as tradições em geral têm prazos cada vez mais curtos e seria oportuno avançar no mesmo passo de quando e do quanto a vida muda.

Pergunto por fim (e não sei realmente por que pergunto isso de novo, também a eles, visto que na sequência não perguntarei mais), que relação eles têm com a fé. Anna diz tenho fé no pertencimento a um ambiente natural, tenho fé no fato de que os seres humanos, quando se encontram imersos nele, são levados a pensar de um modo espiritual e mais elevado.

Raoul diz que nem o fim secular da vida nem o fim católico o representam. Acredita em um sistema maior de que fazemos parte e que nesse sentido considera Capsula Mundi um legado espiritual. Diz também me incomoda pensar que daqui a mil anos alguém vai pensar que hoje ninguém ofereceu uma alternativa, não pensar nisso é uma estupidez.

Terceiro

Quando fica claro que
já que se deve morrer
é melhor morrer direito

Pensamento número três:
Administrar um clube não é diferente de administrar uma família disfuncional (um pouco estressante, mas você quer falar das vantagens?)

Art. 2

A dispersão das cinzas não autorizada pelo tabelião ou efetuada de forma diversa da indicada pelo falecido é punida com pena de reclusão de dois meses a um ano e multa entre cinco milhões e vinte e cinco milhões de liras.

«Disposições relativas à cremação e dispersão das cinzas», Lei n. 130 de 30 de março de 2001, *Diário Oficial*

O carinha parado em pé diante do balcão pergunta de quem são esses oculozinhos? Enquanto isso, pega entre dois dedos aqueles que de fato são os meus óculos e que até um instante atrás estavam apoiados, justamente, no balcão.

Olho para ele sem intenção de proferir palavras e me limito a esperar pelo que segue, que soa mais ou menos assim:

Agora vou quebrá-los, estes oculozinhos.
...
E depois quebro você.
...

Espero mais um pouco e acontece que, em vez de quebrar os assim rebatizados oculozinhos, ele os devolve ao mesmo lugar de antes e nesse meio-tempo eu fico elaborando uma resposta que soaria mais ou menos assim:

Saia desse lugar,

a nossa fascinante troca de opiniões é interrompida por outro carinha, maior do que este, já suficientemente grande em si, pelo menos em relação a mim, não que precise de muito, mas enfim. Eu dizia que o carinha número um é interrompido pelo carinha número dois, o qual, depois de ter se espalhado com um grito exagerado e parecer tomado pelo que em linhas gerais poderíamos definir como entusiasmo, parte para cima do carinha número um e ambos berram de alegria pelo reencontro, bem ali, curiosamente, um dos três únicos locais onde se vagueia de noite de sábado em noite de sábado sempre entre os mesmos idiotas. Ao caírem no chão, não esquecem de arrastar com eles o meu copo de plástico ainda cheio de gim tônica, alguns CDs promocionais deixados pelas bandas e o meu porta-canetas em forma de vaso de erva-do-gato (tudo de plástico, *made in Bangladesh*, da famosa empresa dinamarquesa líder no setor do acessório colorido). A moça do bar depois conta que, ao longo da noitada, o carinha número um não tinha deixado de perguntar se por acaso ela não queria dar para ele. Eu não julgo, limito-me a registrar, para fins de crônica fria, que às cinco da manhã eu estava limpando do tapete laranja com bolinhas brancas (*made in China* da famosa empresa sueca líder no setor de móveis domésticos de massa) o vômito alcoólico da namorada do carinha número um enquanto ele terminava de tentar brigar com o DJ, ou melhor, rolar no tablado, fundidos em uma bola de ternura que lembrava certos ursinhos dos vídeos do YouTube. Sacca, nesse meio-tempo, na qualidade de fundador e administrador deste lugar que chamaremos de

Clubinho, gabava-se de limpar o elevador do mijo de não se sabe ao certo quem, mas pode-se dizer que o registro dos suspeitos é bastante escasso.

Estamos em Mestre, em uma rua lateral à via Torino. As paredes destes noventa metros quadrados já abrigaram um escritório, que, se entendi direito, era também um pequeno call center. Repintadas de índigo, decoradas com pesadas cortinas bordô (ou violeta? ou púrpura?) agora, no sentido de na época dos acontecimentos, abrigam a sede do que chamaremos de Clubinho e os feitos da sua instável humanidade.

Isso, administrar um pequeno lugar com música ao vivo, seria o trabalho mais bonito do mundo se não fossem as pessoas. Certamente seria até os quarenta anos, por aí, depois quem sabe não se tenha vontade de ficar em pé a noite toda, acordar por volta das duas da tarde, tomar café da manhã com tudo aquilo que tem de aleatório na geladeira e recomeçar do começo quando ainda nem percebeu direito que está consciente. As pessoas, por outro lado, são um problema ainda maior do que o biorritmo. Mas nem sempre, na verdade em lugares assim tão pequenos e encolhidos quase nunca, portanto pode-se dizer que eu tenha mentido ao menos em parte. Para causar impacto, contei a pior noite do Clubinho, quando a verdade é que ele foi o lugar de algumas das melhores noites de sempre.

Como aquela vez em que os rapazes da companhia de teatro H2O não potável estavam lá no tablado entrevistando via Skype uma menina chamada Anselma, dona de bochechas vermelhas que, na minha opinião, combinavam muito bem com o nome. Agora talvez alguém se pergunte por que uma companhia teatral estaria em uma balada para entrevistar gente via Skype numa sexta-feira à noite, e eu realmente me

Terceiro

bato para responder, então peço que deixemos isso assim, como um ato de fé.

    Estava eu então, como de costume, empoleirada na entrada, querendo verificar as carteirinhas de membros dos clientes da noite. Eu estava lá e por motivos de sono atrasado eu um pouco controlava as carteirinhas dos sócios e um pouco devaneava. Isso até ver a cara dela aparecer inteira na tela do projetor. Anselma estava contando que fazia algo que tinha a ver com cinzas e bosques, uma coisa nova para a Itália e que até poucos anos atrás não era sequer legal. Então pensei mas que pena que ela não podia estar ali ao vivo, mas que pena que não a pude conhecer. Tratava-se, por alto, do final de 2016.

O que eu faço quando não estou escrevendo (conquistar um lugar pelo menos nesta vida)

O empréstimo

Além de limpar casas, ir buscar as pessoas para lhes entregar as chaves, explicar a elas como não desligar a energia, voltar lá à noite porque desligaram a energia, encontrei esta outra ocupação que é o empréstimo fantasma. O empréstimo fantasma funciona quase igual à mais clássica compra fantasma. A prática da compra fantasma, na minha opinião, é meio que conhecida por todos, mas vou trazer mesmo assim um exemplo prático, ou seja, o daquele dia rodando pelas lojas com Giulia, Silvia e Norman. Perambulávamos por entre os itens primavera-verão de uma grande rede de roupas para pessoas de quarenta anos que se vestem como se tivessem quinze, e Norman, apontando para um avental decorado com flores e pavões, exclamou, não sem uma certa satisfação: esta loja está cheia de paleocristandade. Sem dar sinais de alguma compra, ganhamos a indicação da saída depois de ter falado mal de todo e qualquer item visível aos olhos.

A minha paixão pelo empréstimo fantasma eu acho que foi desencadeada pela pintura de um amigo e depois pelo fato de que, fora das casas, há cada vez mais pessoas que vagueiam incontrolavelmente. Já dizia isso Gertrude Stein no ano 37 do século XX, e eu acho que, se Gertrude Stein desse uma volta pelas ruas nos dias de hoje, ela se mataria na hora. O fato é que há cada vez mais pessoas vagando pelas ruas, e daí se eu passo mais tempo dentro das casas pelo menos eu vejo poucas delas de cada vez. Não consigo, porém, ficar sempre dentro da superquitinete, senão enlouqueço, e não posso também entrar indevidamente nas casas dos outros. Então, pensei, o empréstimo fantasma é a solução mais equilibrada.

A melhor parte do empréstimo fantasma são os proprietários das casas. Os mais interessantes são os mais difíceis de encontrar, e não sou só eu que penso isso. Certa vez, por exemplo, o meu amigo da pintura tocou todas as campainhas do condomínio dele para saber se alguém conhecia o proprietário do apartamento vago que ficava no térreo. Um apartamento muito grande, dava para saber mesmo de fora, pois tinha a entrada dupla e todo um sistema de pátios estreitos e compridos que circundavam a área construída, e que eram visíveis do pátio comum. Em resumo, o apartamento era grande, algo em torno de cinco quartos além de dois banheiros e cozinha com espaço para uma mesa. Então criamos a hipótese que foi confirmada quando, depois de ter enchido o saco de cada inquilino particular, do escritório de advogado e do bed & breakfast do prédio, o meu amigo chegou enfim ao contato direto com o dono. O dono, velho advogado ainda em atividade, mandou a mulher abrir a porta. Eu também fui ver o imóvel, e esse foi o momento em que fingimos ser noivos artistas à procura de espaços grandes que pudessem servir tanto de casa quanto de ateliê, por nenhuma outra razão no mundo que não fosse o tédio e o amor pelo fingimento. Ao menos de minha parte, pois ele realmente estava procurando um imóvel para comprar e deve ter pensado que a imagem do jovem casal pudesse jogar a seu favor. Eu queria então dizer a ele que a única coisa que joga a seu favor nesses casos é ter uma riqueza de três gerações, mas acho que no fundo ele já sabia disso, daí eu não falei nada.

Depois ficou claro que a mulher era mais jovem do que o velho advogado, mas, a partir do momento em que o velho advogado era um velhíssimo advogado, então, afinal, a mulher também era, digamos, madura, e com tiques devidos à ingestão de psicotrópicos que se depositaram em camadas ao longo das décadas.

O apartamento por dentro era realmente como se havia imaginado e até melhor, branco e sem umidade mesmo estando fechado por quase uma década e mesmo ficando no térreo. Agora vocês talvez possam dizer e daí, mas é preciso entender que, vivendo todos os dias mergulhado em uma sopa de algas, depois de um tempo você aprende que aquilo de frear a decomposição é uma tarefa diária que se deve realizar tanto com o corpo quanto com as paredes e com os objetos, pois a decomposição está sempre lá, visível em todos os cantos.

Depois da mulher do dono vem o dono. Após um estressante namoro pelo telefone, eis que chegou finalmente o dia em que aparecemos na soleira do seu escritório e depois subimos as escadas. De repente tudo parece mais velho, dizia aquela propaganda que parecia meio filosófica e, em vez disso, vendia um carro grande; de repente tudo parece mais marrom, eu completo. Aqui é tudo de madeira, os pisos são de madeira, as paredes são revestidas de madeira, o forro é de madeira e ainda muito baixo. Quer dizer, alto o suficiente para se ficar em pé, mas também suficientemente baixo para dar a você a ideia de que é melhor manter a cabeça um pouco abaixada. A julgar pelos móveis, uma onda gravitacional em um tecido mal remendado nos jogou dentro de uma história policial ambientada no ano 72 do século xx. A secretária, ao nos ver, põe no gancho o telefone a disco (em prol das novas gerações, aconselho informar-se na internet porque é difícil explicar) e, atrás do vidro do seu gabinete à prova de balas, faz sinal para esperarmos um instante que ela vai chamar o chefe. Para além de toda a razoável expectativa, o dono não é um comissário pronto a nos fornecer todos os detalhes relativos a um assassinato hediondo, mas é o advogado provido do bem imóvel mencionado anteriormente. Com um suéter surrado, mas pelo menos não roído pelas traças, dou um sorriso besta, enquanto o meu amigo explica que tem sérias intenções a respeito da aquisição da sua propriedade abandonada, em virtude de fantasmáticos planos de construir uma família, ampliação dos espaços, radicação das raízes. Mantendo as costas eretas, baixa a voz em um tom e pede informações sobre o estado das instalações e o preço do metro quadrado. Fingindo nos dar crédito, mas não muito, o dono suspira e começa a responder. Traça linhas inúteis, esquemas inexistentes sobre a folha à nossa frente, a sua blusa não está surrada, é azul-escura e combina bem com toda a madeira do entorno, assim como o branco da camisa retoma o branco dos cabelos. Tem ombros fortes, a despeito da idade, e mesmo sentado parece alto, ou talvez seja toda essa madeira baixa, talvez seja tudo calculado para engrandecê-lo e diminuir os interlocutores. Diz sabe, isso agora não tem nada a ver, mas eu tenho oitenta e dois anos e com minha mulher não temos filhos, os preços atualmente giram em torno dos quatro mil e quinhentos o metro quadrado, por baixo, e portanto não fica por menos de seiscentos mil, mas o ponto não é nem esse, o ponto é que, neste momento, eu não saberia sequer onde colocar seiscentos mil euros e, para dizer a verdade, daqui a mais ou menos quinze anos, não tenho nenhuma intenção de deixar uma soma assim aos meus sobrinhos.

A pintura

Eu queria agora explicar melhor o papel deste meu amigo na elaboração da técnica do empréstimo fantasma. Houve um tempo em que trabalhávamos juntos em um restaurante e não éramos amigos porque ele tem o costume de não falar com pessoas desconhecidas, mesmo que as veja todos os dias durante anos, e nesse estágio não se pode dizer que ainda são desconhecidas. Isso é algo que sempre apreciei, então eu tinha decidido desde logo que ele seria o meu amigo imaginário e realmente as coisas entre nós iam às mil maravilhas. Depois, quando pedi demissão, deve ter acontecido que um dia nos cruzamos e conversamos por engano. Aí veio à tona que eu, de um lado, estava para lançar um livro e, de outro, já havia começado a alugar quartos para os peregrinos globais como forma de evitar a falência. Em troca, veio à tona que ele pintava e que achava essa ideia dos peregrinos globais interessante e potencialmente útil em si. Acabou que agora tem dois trabalhos por um montante total que eu acho que gira em torno de sessenta-setenta horas semanais, mais os extras, e, de vez em quando, quando está prestes a explodir, vai até o terracinho jogar óleo sobre a tela. Visto que ele não tem o dom da ubiquidade, faço para ele as limpezas e administro as chegadas quando necessário, portanto, para concluir, podemos dizer que somos novamente colegas e que eu tinha razão em pensar que éramos amigos mesmo antes de nos falarmos.

Antes de prosseguir com o tópico principal do parágrafo, isto é, uma pintura, isto é, a pintura, eu queria dizer que ela poderia ser interpretada como a narrativa de uma situação frustrante que captura com perfeição o incômodo dos trinta anos de hoje, mas o fato é que, afinal de contas, eu gosto de fazer limpeza. Especificamente, gosto de me relacionar com objetos inanimados sobre os quais posso considerar que tenho responsabilidades limitadas. Às vezes gosto inclusive de ir pegar as pessoas, o que é algo contraditório com a preferência pelos objetos inanimados, mas, no fim das contas, uma outra coisa que eu gosto de fazer é variar.

Eu dizia, no entanto, que o meu amigo pinta. Sobretudo coisas abstratas como materiais colados, aplicados em alto relevo. Dito deste modo não soa bem, mas na verdade tem o seu fascínio. Por exemplo, outro dia eu estava lá para organizar os turnos de limpeza do mês e ficamos olhando a sua obra mais recente. Uma hora eu tive coragem de quebrar o silêncio arrastado e perguntei que diabo era aquilo. Ele fez uma pausa dramática e disse este meu último quadro se chama *O empréstimo*. A metade azul na parte superior representa a vida no seu estado mais genuíno, e a forma circular no alto à esquerda é o Ser. Na metade inferior, vemos um paralelepípedo negro emergir da tela, e ela é a Casa. Destaca-se sobre um fundo negro porque tudo aquilo que é tocado pelo empréstimo se deteriora. As cânulas que você vê saindo do paralelepípedo para afundarem na forma circular representam claramente a progressiva consumação do Ser, inexoravelmente esvaziado de toda beleza pelo empréstimo.

 Ainda ficamos olhando o quadro mais um pouco, em silêncio.

Ação número três:
Bosques Vivos

Art. 3

c) A dispersão de cinzas é permitida, de acordo com a vontade do falecido, somente em áreas especialmente destinadas a esse fim em cemitérios ou na natureza ou em áreas privativas; a dispersão em áreas privativas deve ocorrer ao ar livre e com o consentimento dos proprietários [...]; a dispersão no mar, em lagos e rios é permitida nas áreas livres de barcos e artefatos

«Disposições sobre cremação e dispersão das cinzas», Lei n. 130, de 30 de março de 2001, *Diário Oficial*

Estamos lá pelo ano de 2018, talvez seja fim de março, precisaria verificar. Ligo para ela e digo Anselma, gostaria muito de falar com você porque estou escrevendo um livro sobre coisas de morto, mas por telefone tenho dificuldade de explicar exatamente do que se trata, então, se não for incômodo, quem sabe um dia nos próximos dias eu me organizo para ir à Ligúria, a Gênova, enfim, onde você estiver, para falar disso em viva voz e em viva presença.

Anselma me responde claro, vamos nos ver com certeza, que isso seria um prazer para ela, mas diz principalmente veja, que eu daqui a duas semanas estarei em Veneza para fazer umas coisas do trabalho, o que você acha de nos vermos dia 19 para almoçar?

Anselma Lovens

Pensávamos que esta atividade teria uma dimensão mais regional, mas nos chamam de Roma, da região Marche, explica enquanto mastigamos uma salada mista na taberna Rivetta, lugar onde Veneza é o espelho de si mesma, inalterável, impermeável como um anfíbio.

Bosques Vivos (A vida além da vida) é Anselma Lovens, Giacomo Marchiori, Camilla Novelli e Riccardo Prosperi. É um projeto que em 2015 venceu o concurso ReStartApp promovido pela Fundação Edoardo Garrone; depois constituiu-se como cooperativa, e hoje passou do potencial para a ação, do ideal para a concretude da terra. Literalmente.

Oferece um serviço de dispersão para o sepultamento das cinzas (com ou sem urna) em uma área arborizada protegida, aos pés de uma árvore escolhida com esse objetivo. Há várias opções: árvore comunidade, árvore pessoal, árvore família, árvore casal.

O verdadeiro desafio, diz Anselma, foi encontrar o bosque, agora administramos onze hectares na cidadezinha de Urbe.

Os animais de estimação não foram esquecidos: inicialmente, ela conta, pensávamos em dividir os setores em área pessoas e área *pet*, mas logo depois concluímos que a melhor divisão seria criar uma área exclusivamente dedicada às pessoas e outra área mista pessoas/*pet*.

A árvore comunidade é constituída de dez lugares ocupados pelas cinzas de indivíduos não necessariamente ligados por laços familiares ou de amizade. A árvore família prevê quatro lugares para amigos ou parentes do titular do contrato, aos quais é possível acrescentar outros seis. A árvore casal é compartilhada com uma outra pessoa particularmente cara a você e extensível a outros dois lugares segundo a vontade do proprietário. Da mesma forma, a oferta da árvore individual é extensível a outros nove lugares. Em todos os casos, é possível ter uma placa de identificação personalizada com uma dedicatória.

Eu, como Ginevra, acho então que a força desse projeto não está apenas na sua ideia fundadora, mas também nos termos da comunicação. Um tipo de força que talvez possamos encontrar nas palavras escolha e evolução.

Mais uma vez, escolhe-se como viver, seria importante escolher como morrer, escolhe-se o que fazer dos nossos corpos, escolhem-se o bosque, a árvore, escolhe-se se e com quem compartilhá-la. A proposta é lidar com essa escolha utilizando palavras conhecidas (comunidade, indivíduo, família, casal), mas enunciando-as com a marca da evolução que se deseja, e já talvez em curso, apesar de tudo (o casal é constituído de entes queridos, o casal como símbolo de amor e cuidado é extensível; o espaço do indivíduo é extensível ao compartilhamento; a família são dez possíveis lugares em função da capacidade da árvore, mas não há mais definições de papéis; a escolha é a escolha).

O público-alvo de Bosques Vivos, conta-me Anselma, são pessoas que decidem por si mesmas, com antecedência e ponderação. Isso porque a dispersão deve, por lei, ser escolhida em vida.

O processo regulatório, assim como no caso de Capsula Mundi, é então o primeiro obstáculo, no qual às pessoas é dada a possibilidade de decidir, mas sempre com ressalvas.

O segundo, mental e cultural, pode ser atribuído ao fato de que, diz ela, a dispersão sempre foi associada à ideia de que não há um lugar específico para onde se dirigir a fim de celebrar os entes queridos. Nesse sentido, nós estamos em um meio-termo que pretende manter o espaço social e cerimonial. Quando você escolhe o bosque, você faz isso para que seus entes queridos voltem a um lugar fácil de amar, mas também para a sociedade. Pois o bosque é cuidado e protegido. É então uma escolha tanto egoísta quanto altruísta, tudo consiste em conjugar os dois fatores.

Na Alemanha, mas também na Inglaterra, Áustria, Suíça, assim como nos Estados Unidos e na Austrália, os cerimoniais ecológicos e os cemitérios verdes existem há mais de vinte anos. São pessoas pragmáticas, diz Anselma, na Itália as leis existem, mas parece que nós as fizemos de modo pouco convincente.

A dispersão das cinzas foi liberada e regulamentada somente em 2001, a guarda em casa ainda é um desastre burocrático e quem faz isso tende a fazê-lo como *extrema ratio*, se não tiver outra saída. Além do mais, é uma prática que tende a privatizar o luto em vez de socializar a memória dos entes falecidos.

Anselma me fala sobre a existência, no exterior, de inúmeras empresas do setor, entre elas a FriedWald (que, conforme fiquei sabendo, significa na verdade «cemitério verde», embora o Google Tradutor insista em me propor a solução «floresta frita»), que administra por volta de cinquenta bosques em atividade. Alguns deles foram santificados, a liberdade de uma escolha verde foi estendida também aos não ateus. Na Itália, ela me conta, parece haver uma espécie de censura. Os católicos diminuíram e estão diminuindo, por que a Igreja continua a dizer a morte é coisa minha? As pessoas às vezes são inibidas em sua liberdade de escolha porque não entendem que essa instituição não determina a maior ou menor legalidade de uma prática. Muitos tendem até a confundir o que diz a Igreja com a proibição por lei. A Igreja de fato «concedia» aos seus fiéis a possibilidade de escolher a cremação nos anos 1960, quando em 2016, com a *Instrução «Ad resurgendum cum Christo» a propósito da sepultura dos defuntos e da conservação das cinzas da cremação*, fecha bruscamente as portas para toda prática alternativa, determinando preto no branco que: «Para evitar qualquer tipo de equívoco panteísta, naturalista ou niilista, não é permitida a dispersão das cinzas no ar, na terra ou na água ou em qualquer outro lugar, ou ainda a conversão das cinzas cremadas em recordações comemorativas, em peças de joalheria ou em outros objetos, tendo presente que para tal modo de proceder não podem ser adotadas razões de ordem higiênica, social ou econômica que possam motivar a escolha da cremação».

Mas a Bosques Vivos agora existe em terra e Anselma conta que no domingo haverá a primeira cerimônia, que acontecerá no bosque. O falecido, diz ela, teve como preparar este momento em vida e preferiu escolher uma dimensão social. Empatia e satisfação andam juntas e não me parece possível separá-las. Então eu pergunto a ela mas não é difícil administrar as emoções? Neste trabalho estamos sempre buscando o equilíbrio entre o entusiasmo de fazer aquilo que amamos e o respeito pelo luto dos outros, mas, já que se vai morrer, então é melhor morrer direito.

Quarto

Quando fica claro que
o compromisso entre movimento
contínuo e eterno repouso
se chama *feriado*

Pensamento número quatro:
A função das flores
não é apenas estética

Os benzodiazepínicos são usados apenas para aliviar estados de ansiedade severa, que sujeitam o indivíduo a severo sofrimento.
Este medicamento é indicado para tratar:
— ansiedade, tensão e outros transtornos associados à ansiedade
— distúrbios do sono (insônia).

Folheto ilustrativo — Informações ao paciente

Para chegar até aqui vindo de Shilipu, é preciso pegar três linhas de metrô em pouco mais de uma hora de viagem. A sensação de estar dentro desses vagões que levam a destinos pouco batidos é realmente de alívio: ah, nada de ocidentais. Por outro lado, não muito diferente daquela que, em geral, se revela vagando pelos cemitérios (ah, nada de vivos).

Existem muitas árvores e nenhuma flor, depois de um peregrinar a esmo encontro um banquinho listrado pelo sol. No telhado de galhos em cima de mim mora um esquilo hiperativo e satisfeito com a própria existência. É avermelhado, com o rabo marrom-escuro e a barriga cor de creme. Ama as pinhas e come as sementes fazendo um grande barulho. O barulho se multiplica, na verdade são três bichinhos, quatro, cinco, muitos. Aparecem por um momento e logo depois desaparecem. Aqui, as aves passeriformes não são latas de lixo orgânico, ladrões descarados de petiscos. Elas são menores, aglomeradas em comunidades mais numerosas, sobem os arbustos e são infotografáveis devido à velocidade e à desconfiança. Chega um ou outro corvo lamentoso, de fato o cemitério é cheio de vida.

O cemitério Babaoshan é o lugar dedicado ao descanso de heróis da Revolução, altos oficiais, cidadãos reconhecidos por algum mérito. De acordo com as minhas informações, e as minhas informações, pressuponha-se, vêm em sua maioria da internet, foi no início construído como templo dedicado a Gang Bing, general da dinastia Ming que teve o mérito de ter sido castrado em sinal de obediência ao imperador. Muitas luas depois, o Partido Comunista decidiu converter o templo taoista em um lugar de luto, e é assim que podemos chegar até hoje, outono de 2018, ao dia em que o meu celular caiu no vaso do banheiro do cemitério da Revolução.

Isso aconteceu cerca de cinco minutos depois de eu ter entrado e de ter percebido que tinha urgências fisiológicas, e sei que neste livro já estou falando até demais sobre micção, mas há que considerar que a hidratação é importante. Seja como for, encontrei o banheiro com facilidade, o celular estava no bolso de trás da minha calça jeans, a duração total da cena foi de aproximadamente três segundos. O primeiro foi usado para repassar na mente todas as doenças infecciosas do mundo. O segundo para pensar não é *waterproof*. O terceiro para criar uma síntese dos dois primeiros pensamentos e concluir que eu preferia as doenças infecciosas a ficar sozinha, sem telefone, num ponto ao acaso de uma megalópole desconhecida e não permeável à língua inglesa.

Sem conseguir sequer xingar e com as calças ainda abaixadas, pensei que a essa altura todas as regras higiênico-sanitárias do bom viajante tinham ido pelos ares, que eu estava acabada, que de nada serviriam as oito vacinas opcionais tomadas antes de partir. Depois me lembrei de ter na mochila, fechado em um saquinho plástico transparente com zíper, um kit com lencinhos de papel, lenços umedecidos, álcool em gel. Se tudo foi suficiente, as minhas reações imunológicas de médio prazo dirão. Enquanto isso, imaginemos que ainda estou no banheiro e, após as limpezas e alguns testes de funcionamento, regozijo-me com a resistência do produto tecnológico e a do meu estômago. Em ambos os casos, o Revolutionary Cemetery parece o lugar certo para estar.

Em linhas gerais, estou aqui na grande China para uma residência literária, que consiste em ser uma hóspede às custas de uma academia de escrita por trinta e cinco dias. Não sou boa em fazer apologia das coisas bonitas. Posso, porém, dar um passo atrás e dizer que tenho medo de avião. Ter medo de avião significa que do primeiro dia na China não recordo quase nada, e depois explico o motivo, com exceção de uma coisa. Essa coisa é o momento em que alguém, que não lembro quem, abriu-me uma porta e disse este à esquerda é o seu quarto privativo, este à direita é o seu banheiro privativo, aquele quartinho ali com a escrivaninha é o seu escritório privativo, sabe, aquele em que você pode escrever como e quanto te parecer melhor, as limpezas são por nossa conta, estes são os horários das refeições na cantina, sabemos que a sua presença aqui é inexplicável e que no fundo você não fez nada de transcendental para merecer toda essa regalia, porém, não estou dizendo essas coisas, a conversa tinha se encerrado na parte da cantina, essa aqui que se misturou aos outros assuntos é a sua voz interior, especificamente aquela que te odeia, agora eu vou embora e você pode descansar, mas não se emocione demais, que é repugnante.

Voltando ao cemitério Babaoshan. Aqui não existem flores verdadeiras, apenas guirlandas de flores artificiais. Do cemitério sobre a colina, e de qualquer outro, sempre detestei o cheiro de coisa podre típico dos caules que ficam de molho nos vasos por tempo demais. Esta, porém, é a primeira vez que me pego pensando na função olfativa das plantas que dão flores nestes lugares; não me dou conta disso imediatamente, mas após cerca de uma hora fica claro que o que os perfumes das plantas cortadas cobrem é o cheiro da morte humana. Para os esquilos não faz diferença, descaroçam compulsivamente as pinhas e depois as derrubam dos galhos, se você estiver embaixo não é um problema deles.

Os outros hóspedes da residência internacional vêm da Europa e das Américas, conversamos muito e às vezes damos uns passeios. Os poucos menus e as placas de sinalização traduzidos em um inglês informal nos dão uma animada. Um dia, quando estávamos em uma rua comercial lotada, Katya, entre risadas, gritou olha lá. Sobre a porta de uma papelaria com cartões-postais artesanais, cuja mensagem eu suponho que quisesse dizer envie uma mensagem que sobreviva ao tempo, havia serigrafada na capa o dizer SEND IT TO THE AFTERLIFE.

Para os esquilos não faz diferença sequer que o Babaoshan seja na verdade muito barulhento, já que é cercado por canteiros de obras. Ele mesmo é um canteiro em fase de ampliação. Estão construindo um novo setor, um novo reduto para os que virão, com fontes e ruazinhas como se fossem uma vila. Eu sei disso porque grandes painéis explicam com ilustrações o que se pode esperar dos trabalhos em curso. Nas ilustrações, colocaram até as figuras dos enlutados passeando, que, no entanto, têm algo de errado, uma quebra na lógica, um grande equívoco. São figuras de casais abraçados, pessoas sozinhas passeando, famílias, idosos, transparentes como fantasmas.

O que eu faço quando estou viajando (escrevendo)

Uma superdosagem pode causar uma forte depressão do sistema nervoso, com sintomas como sonolência, cansaço, perda progressiva da coordenação motora (ataxia), distúrbios da visão, confusão mental, letargia, inconsciência, redução do tônus muscular (hipotonia), queda da pressão sanguínea (hipotensão), problemas para respirar (depressão respiratória), depressão do sistema nervoso, que pode se agravar e levar ao coma e à morte.

Folheto ilustrativo — Informações ao paciente

Em nosso primeiro encontro, a psicóloga suspirou, depois se ajeitou na cadeira, depois disse o quadro não é patológico. Disse isso com uma segurança tal que eu acabei guardando a sua figura pacificadora como imagem a ser visualizada nos momentos de angústia e de vazio. Sobre o comprimido para o voo, que me foi prescrito pela clínica geral, ela disse que eu devia experimentar antes da viagem, que dessa forma eu teria um bom sono e ao mesmo tempo verificaria se não estava sujeita ao efeito paradoxal. O efeito paradoxal, descubro naquela ocasião, é aquilo que acontece aos zero vírgula zero zero alguma coisa por cento dos sujeitos que tomam um remédio contra ansiedade, e a ansiedade, em vez de diminuir, sobe aos níveis máximos, proporcionando momentos inesquecíveis tanto a eles quanto aos seus entes queridos. Não que eu tivesse realmente medo de estar sujeita ao efeito paradoxal, mas me lembrei daquela vez em que eu devia ir para o Marrocos e depois na verdade não fui para o Marrocos, fui para Florença acampar, e onde me nasceu uma verruga na planta do pé. Porém, enquanto eu decidia ir ou não, por precaução tomei vacina contra o tifo. Depois de algumas horas parecia que eu fazia parte daquele exíguo percentual de pessoas que tomam vacina contra o tifo e depois fazem a segunda fase do vestibular com os sintomas do tifo.

Eu agora queria que vivêssemos em dias menos confusos, mas, dado que certas coisas não se escolhem, diremos que este é o ponto da narrativa em que encontro uma forma educada para deixar clara a minha posição sobre as vacinas. A minha posição sobre as vacinas é que elas são uma das razões pelas quais vale a pena viver nestes tempos e nestes lugares.

Em todo o caso, ao tomar o comprimido, em vez do efeito paradoxal eu obtive um levíssimo efeito de sonolência. Tão leve que, junto com Sacca, olhamos bem a composição do remédio na internet e no final das contas concluímos que para dezenove horas de viagem eu podia tomar dois comprimidos.

Então eu vou tomar quatro na ida e quatro na volta, ganhando assim algumas das melhores horas de sono da minha vida.

Entretanto, eu dizia que a respeito do medo de avião a psicóloga não disse nada, mas acho que eu não precisava mesmo dizer que era uma desculpa para se concentrarem ali, naquele ponto irresolvível (irresolvível porque, para alcançar o ponto B a partir do ponto A, em um tempo possivelmente inferior a trinta dias, e não a bordo de um navio cargueiro, não existem no momento opções além do trem voador), dizia uma desculpa para se concentrarem ali todas as minhas preocupações de outra natureza, sobre as quais não nos deteremos porque agora vamos falar do aeroporto de Dubai.

O aeroporto de Dubai era a coisa que eu mais desejava ver na ida, junto comigo mesma, viva ao menos até ali. A razão é que, vários anos atrás, uma amiga tinha me dito que havia por lá distribuidores de barras de ouro.

Mais tarde, surgiu a notícia de que também no aeroporto Orio al Serio havia distribuidores de barras de ouro. E eu não sei o que podem ter em comum o aeroporto de Dubai e o de Orio al Serio, mas eu sei que, se vocês passarem na frente do Orio al Serio perto do Natal, poderão ver do outro lado da rua que dá para ele o que talvez seja o complexo comercial mais iluminado para festa de todas as zonas industriais da Itália, é que o critério da iluminação de objetos consiste em usar a maior quantidade de cores possível combinando-as mal. Coisas muito parecidas acontecem também em Dubai, mas por dentro, e com o acréscimo de palmeiras-reais plantadas nos ladrilhos.

Eu estava lá com Gabriele, que por sua vez escreve e tem o mesmo problema de ansiedade com trem voador. Demos força um para o outro, como é comum fazer entre pessoas com fobias parecidas, isto é, fechando-se em um silêncio petrificado, alternado com convincentes olhares de encorajamento. Depois bebemos uma cerveja medíocre e caríssima assistindo não me lembro a qual jogo, e isso por algum motivo produziu um sentimento de euforia logo substituído por um de coma iminente.

Ora, eu não queria exagerar nesta coisa de dar uma de defensora de substâncias químicas, até porque sou uma consumidora ocasional, mas no primeiro dia de China, gostei, acima de tudo, de não me lembrar de nada nem de ninguém além da visão do meu quarto privativo com banheiro privativo. Da viagem de volta, ao contrário, gostei de saber que havia em Dubai, no banheiro das mulheres, uma caixa para seringas usadas, e, na sala de espera, Umberto Smaila. Em prol dos nascidos depois da queda do muro de Berlim e de possíveis traduções estrangeiras, Umberto Smaila (turma de 1950, Câncer na primeira casa) é um performer italiano que transitou entre teatro, cabaré, música, apresentação de programa de TV, despudorados seios nus expostos em horário nobre, e que alcançou o auge da notoriedade naquele meio de campo entre a segunda metade dos anos 1980 e a primeira metade dos anos 1990, caracterizado pelo delírio coletivo fermentado na ideia de que tudo podia ser simulado, e então tudo era possível, até a felicidade.

Umberto Smaila viajava no mesmo voo que o nosso, Dubai-Milão, e a sua presença era algo mais do que reconfortante, era o retorno da ideia de que tudo era possível, até os trens voadores. Só fiquei triste de não ter lhe perguntado se por acaso ao menos ele não sabia onde tinham ido parar os distribuidores de barras de ouro.

Ação número quatro: autores longe de casa falam da morte (*Send it to the afterlife*)

Tallulah Flores Prieto
(Colômbia, poeta)

A história acontece em um *cerro*, uma colina nos arredores de Medellín. Existem sete deles, que são também importantes áreas naturais, e em todos os *cerros* vivem muitas pessoas *vulneradas y vulnerables*. O Festival de Poesia de Medellín ajuda essas comunidades com eventos espalhados dos quais possam participar ativamente.

A minha história acontece no Cerro El Picacho, cerca de quinze anos atrás. Neste caso, falaremos de uma leitura. Pediram-me para acompanhar um poeta australiano que deveria dar uma oficina para crianças, e traduzir para elas. Em uma parte do *cerro*, havia uma pequena escola muito pobre, com uns duzentos alunos. *Hermoso*, diz Tallulah, *precioso*. *El cerro* é muito alto, os ônibus e os carros não conseguem chegar, então para ir até lá em cima é preciso obrigatoriamente caminhar um pouco. Naquele dia muitas mães não estavam e quem cuidava das crianças eram *las madres sustitutas*. As mães substitutas são mulheres da comunidade que se ocupam de cuidar dos menores em caso de necessidade, podem ser inclusive outras mães ou avós.

As crianças estavam sentadas sobre um morrinho e um poeta indígena ficava um pouco mais no alto, sobre um palco em péssimas condições. Nem mesmo o áudio era bom, mas todos estavam felizes. Pouco depois do início da leitura, vi um menino que descia da montanha para depois tentar subir no palco. Eu me levantei e me aproximei para pegá-lo nos braços. Ele sorria e eu o coloquei sobre meus joelhos, estávamos sentados entre poetas australianos e ingleses enquanto o poeta indígena lia na sua língua. Senti que ardia em febre, eu o tocava e ele me olhava e sorria, mas o seu sorriso era como que cansado. Dali a pouco estava muito frio, com os olhos muito pálidos, senti que tremia, tremeu dentro de mim, e morreu.

Só que eu não sabia que estava morto, não podia imaginar isso. Fiquei ali vinte minutos até que me levantei para me fazer ver pelas mães substitutas, que estavam todas vestidas de branco, e eu fazia sinais para o poeta indígena, que não me via e não podia me ouvir.

Enfim chegou uma das mães, olhou para ele, tocou-o e disse dê-me aqui, mas eu não queria entregá-lo, queria ficar com ele. Ela, enfim, com um pouco de força, pegou-o de mim, e, dado que não tinha dinheiro para um carro, eu lhe dei o dinheiro, e ela foi embora. Da montanha eu a via descer com o menino. Duas horas depois, voltou e me disse que já estava morto.

Chamava-se Luis e morreu aos três anos, de desnutrição avançada, não tinha ninguém. Tallulah disse esta é a minha história. *No murió sobre mí, murió en mí. Todos los niños que mueren en Colombia mueren en nosotros.*

Katya Adaui
(Peru, escritora)

No dia em que soube que meu pai estava doente, eu estava no circo, conta Katya.

Eu estava no Cirque du Soleil e minha mãe me ligou para contar, ela sempre foi assim. E na verdade ela não sabia com certeza, achava isso porque um dia ele caiu e não conseguiu se levantar.

No telefone ela disse eu não sou uma bruxa mas sei que seu pai está com câncer. Eu então lhe disse você sabia também que eu estava no circo, pode deixar eu me divertir ao menos hoje?, por que fica sempre exagerando com notícias ruins?, ele deve estar com problemas nas articulações. Mas no dia seguinte caiu novamente, e eu fui logo vê-lo. Examinei-o e vi que tinha caroços duros na barriga, grandes assim, e eu lhe disse mas pai, você nunca foi ao médico? E ele me disse só vou no dia em que morrer. Sempre foi assim, minha mãe é que ia se consultar quatro vezes por semana.

Eu o levei à consulta e o médico nos mandou para um hospital público. Eu na época pagava um plano de saúde caro para minha mãe. Eu podia pagar para apenas um dos meus pais e escolhi ela porque era quem estava sempre mal.

No hospital público, o médico consultou o meu pai e olhando para mim perguntou quantos anos de cigarro? Eu disse sessenta e três. Começou aos treze. O médico me disse (e Katya, que não produz som, faz um gesto de fechamento, não registrável, como uma cruz pela metade). Eu e minha irmã o levamos para uma clínica particular e já no dia seguinte não conseguia mais caminhar. No dia seguinte também o seu rosto estava assim (e Katya continua sem produzir som, simula uma caveira). No terceiro dia me disseram que tinha um tumor no estômago em estágio quatro. E eu pensei este homem que já passou por tanto perrengue, esteve na guerra como paraquedista do exército americano, que sempre esteve em guerra na vida, inclusive com minha mãe, este homem está morrendo, como? Tive a sensação de que eu também estava doente, pois quando um dos pais morre você pensa que vai morrer da mesma doença. Parece um pensamento absurdo, mas eu, no ano seguinte a esses fatos, fiquei seriamente doente. Aqui na bochecha, onde você vê a cicatriz, havia um tumor de pele, e depois fiz cirurgia de tireoide.

Por fim, levei-o a uma clínica especializada em câncer, também neste caso pública. Estava no quinto dia e eu já estava tão cansada. Eu estava no chão, assim (Katya faz um gesto de encolhimento, com a cabeça entre os joelhos, sobre o sofá do seu quarto temporário, imagino-a sobre ladrilhos brancos, do outro lado do mundo). Eu estava assim, esperando uma vaga para o meu pai. O médico chegou e me disse levante-se, tenha dignidade. Respondi a ele não quero ser dramática, mas tenho problema de coluna e carrego meu pai faz tempo, portanto... e ele disse entendo.

Depois de cinco dias, estava desesperado, exigia e agradecia, irritava-se e se desculpava. Num determinado momento disse não sou burro, sei que estou morrendo, leve-me com você. O médico concordou, disse fique com ele, porque se morrer aqui morre deprimido. Deram-me uma cama especial e eu o levei para a minha casa, no meio da sala de jantar, chamei duas enfermeiras particulares porque eu não sabia como trocar um homem velho muito pudico e não sabia como fazer os curativos e aplicar as injeções. Queria dar a ele a melhor vida possível. Eu chegava em casa do trabalho e contava o dinheiro porque o câncer custa milhares de *soles* por dia, algo como quinhentos dólares de comprimidos por dia. E naquele momento também minha mãe precisava se submeter a uma intervenção cirúrgica no osso aqui (indica um osso, não me recordo mais qual). Então falei com um amigo querido e lhe pedi por favor me leve daqui algumas horas por dia. Pois, você sabe, ela me diz, *in order to help you have to be sane.*

Quando as pessoas percebem que estão morrendo, querem recordar. Em toda viagem na ambulância meu pai sempre pediu me coloque de um jeito que eu possa ver lá fora. Dizia quero ver. Dizia-me naquele parque beijei sua mãe pela primeira vez, nessa rua dei minha primeira volta de bicicleta. Aqui eu, aqui eu, aqui eu. Foi muito bonito. Porque ele sabia que era a última vez, e, sabe, num certo sentido a última recordação é sempre a primeira.

Foi a primeira vez na vida que eu o ouvi falar assim, ele não falava nunca, era cheio de alegria mas também muito tímido.

Tínhamos essas conversas na ambulância, uma vez me disse é um pecado que eu esteja aqui para morrer e você não saiba onde fica o túmulo do meu primeiro filho. Porque ele teve um primeiro filho, antes de estar com a minha mãe, que morreu bem na frente dele em um acidente de carro. Dizia não sei te dizer onde está, mas agora sei que devo ir rever o meu menino. Eu lhe disse que era injusto da parte dele, porque tinha ali duas filhas vivas e falava do filho morto. Disse-lhe você não é religioso. Ele me respondeu agora sei que vou revê-lo.

Meu pai era o meu melhor amigo, diz Katya.

Alugava quartos e me disse não quero que os inquilinos saibam que estou morrendo, quero que pensem que não me veem porque estou em outro lugar, e com a minha ajuda pôs-se a escrever recibos para os dois anos seguintes.

Uma noite, estávamos em casa e a enfermeira, controlando o nível de oxigênio, me disse está acontecendo. Ele me chamou e me disse obrigado por tudo, Alexandra. E a enfermeira confirmou este é o momento, começa a mudar a realidade.

No dia seguinte, estávamos todos ao redor dele, eu, minha irmã, minha mãe, o meu cachorro e o cachorro do meu pai. Chamei os bombeiros porque poderíamos precisar de outro oxigênio, e porque quando uma pessoa morre em casa é preciso testemunhas que sejam agentes públicos. Foi um momento bonito, não lembro dele como algo triste, estávamos todos ali apertando as mãos uns dos outros e eu pensava então esta é a morte.

Quando aconteceu, saí e não podia acreditar que as pessoas lá fora estivessem se divertindo, que estivessem caminhando e vivendo uma vida normal. Eu sabia que se tratava de um acontecimento comum, mesmo assim queria que todos parassem e fizessem dois segundos de silêncio, não dois minutos, dois segundos.

Nesse meio-tempo minha mãe entrou em pânico porque tínhamos percebido que não havia roupas para ele, nenhum tipo de roupa, devíamos tê-las arrumado antes do *rigor mortis*. A única coisa que pudemos recuperar a tempo foi o terno do casamento da minha irmã, mas sem camisa e sem roupa íntima. Eu precisava resolver a emergência rapidamente, é uma função que frequentemente cabe a mim, que cumpri de novo daquela vez.

Meu pai tinha bigode e na nossa brincadeira eu lhe dizia quando você morrer vou raspá-lo, assim finalmente vejo que rosto você tem, e ele me respondia se você fizer isso volto depois à noite enquanto você dorme para puxar seu pé. Então pensei que havíamos conversado sobre o bigode, mas não sobre a roupa íntima. Daí coloquei nele uma calcinha minha escrito na frente BEST FRIEND. Depois amarramos nele uma faixa em volta da cabeça porque, devido à dentadura, a mandíbula ficava solta. Na prática, no final, era um homem morto vestido para um casamento, mas sem camisa e de calcinha. Estava perfeito, todo magro. Eu disse que parecia o chofer do Drácula.

Minha mãe saiu correndo imediatamente para procurar flores e pegou uma *lagrima*, que é um grande coração de rosas vermelhas bem deslocado, com os dizeres DA TUA MULHER QUE SEMPRE TANTO TE AMOU, e todos no funeral seguravam a risada porque sabiam que ela sempre fez da vida dele um inferno.

Meu pai morreu em dezoito dias. Ela em três meses, três anos depois. Tinha dito que burro o seu pai, morrer de câncer. Daí morreu de câncer nos rins.

Morrer gera tanta ansiedade assim em nós porque é a única experiência que não temos.
Aí quando você tem não pode falar dela. É a grande Fossa das Marianas. Mas eu vi os meus pais morrerem dizendo não tive a vida que gostaria de ter tido. E disse a mim mesma que aquele era o momento de escolher melhor. Perguntei-me se queria dinheiro ou escrever. Pensei que queria ser a melhor pessoa possível e a melhor escritora possível.

Escrevi *Aquí hay icebergs* com alegria e lágrimas, com esforço mas não com sacrifício. Quando você é um sobrevivente, tem o direito de experimentar momentos de euforia porque é como se estivesse experimentando a vida pela primeira vez. Sem pessoas em volta dizendo que você não é boa, que não vai dar certo. Você já não é uma filha. É uma irmã, uma amiga, uma amante, mas não mais uma filha. Significa que você é sua mãe e seu pai. Você já não é uma criança, provavelmente nunca será um adulto, mas não é mais uma criança. Tem idade suficiente para ser preso, mas nunca será um adulto, ser adulto é uma construção. Agora eu sei que vou morrer, mas esqueço.

Mil anos e mil memórias depois de tudo isso, li *Maus*, de Art Spiegelman, e ali acontece isso de o pai trocar o nome do filho. Então eu me lembrei. Eu me lembrei de que quando nasci meu pai não queria que eu me chamasse Katya, queria que eu me chamasse Alexandra. A última recordação é sempre a primeira.

Christos Chrissopoulos
(Grécia, escritor)

Christos diz meu pai morreu em 1° de agosto de 2007, era de manhã e estávamos prontos para sair de férias, o carro já estava carregado com todas as malas. Estávamos na varanda, no segundo andar.

Ele diz morávamos no segundo andar, quero dizer, minha mãe mora no segundo andar.

O apartamento é dividido em dois pavimentos independentes, o primeiro é meu, é o lugar onde guardo todos os meus livros e as minhas coisas, eu não vivia mais ali.

Christos é centrado e muito equilibrado. No entanto, notei somente um mês depois, ouvindo mais uma vez a sua mensagem de voz, enquanto fala da casa dos pais ele passa do plural para o singular, do estar presente para o estar alhures.

A ideia que formei é que, mesmo quando somos pessoas centradas e muito equilibradas, mesmo quando buscamos a máxima precisão das palavras para fazer com que a realidade não escape, mesmo nesse caso, não somos sempre nós a decidir onde estamos e onde não estamos.

Bem, Christos diz eu não morava mais lá.
Tinham trancado tudo a chave. Todos os andares, até os fundos. A casa estava pronta e estavam prontos eles também. Estavam na varanda, é minha mãe que me conta como as coisas aconteceram. Christos reitera: eu não estava presente.
Estavam prontos bebendo um último café para partirem em seguida.

Geralmente aquilo que fazem é beber um café e depois colocam as xícaras na pia da cozinha com um pouco de água dentro. Estava tudo pronto, estavam na varanda com o café e meu pai teve um ataque cardíaco, caiu e bateu o rosto na mesa, *just like this*.
Ele tinha setenta e dois anos, um pouquinho antes de acontecer disse não me sinto muito bem.

Eu morava com a minha namorada na época e tudo o que me levou a chegar até a casa deles foi apagado. Não me lembro sequer onde eu estava quando recebi a ligação. Acho que estava na minha casa, mas talvez estivesse fora, talvez me lembre da casa porque também o pai da minha namorada morreu subitamente, e quando recebemos aquela ligação estávamos em casa. A primeira coisa de que me lembro é o momento em que entro no apartamento dos meus pais, sem me lembrar daquilo que eu pudesse estar pensando. O que vi ao entrar foi uma cena de teatro. Meu pai estava estirado no sofá e usava somente a roupa íntima, nem sequer uma camiseta, nada nem mesmo nos pés. Havia este corpo morto deitado no sofá, visível assim que entramos, à direita. E algumas pessoas. Minha mãe, minha tia, meu tio, acho que algum vizinho que tinha ouvido a minha mãe gritar. A polícia, pois quando se morre em casa você precisa de um *coroner*. A ambulância, talvez também o rapaz da funerária, mas não tenho certeza. Foi isso que eu vi. Lembro-me de ter tocado as mãos dele e elas estavam frias. Não tive nenhuma reação, não chorei. Minha mãe estava em total negação, não conseguia entender o que havia acontecido, perguntava onde está Nikols? Lembro-me de quando os dois rapazes o levaram para fora de casa e disseram mas como é pesado. Porém basicamente tudo aquilo de que me lembro é como uma pintura, é muito estático. É a imagem deste corpo deitado no sofá e o fato de que o seu corpo cabia perfeitamente ali.

Não chorei nem mesmo durante o enterro, depois sobreveio a questão do que fazer nos dias seguintes. Minha mãe não estava em condições de cuidar de si mesma, não comia, fumava muitíssimo. Sabe, era agosto, em agosto Atenas fica vazia, é um lugar desolado. Os tios falaram para ela ir com eles à casa da praia por algum tempo e ela foi, depois disse para eu ir embora. Isso porque eu, para dizer a verdade, estava pronto para duas semanas de férias em Berlim. E fui embora, e foi legal, às vezes acordava chorando.

Quando voltei, minha mãe ainda estava na casa da praia. Mas no endereço dos meus pais chegavam todas as minhas correspondências, pois eu sabia que ali elas nunca se perderiam, lá sempre tem alguém. Então fui lá verificar se havia chegado alguma coisa, mas na verdade era uma desculpa, queria rever a casa.

Fui até lá e tive de novo a sensação de me encontrar no meio de um palco. A casa estava mergulhada na escuridão, e perfeitamente limpa, como são as casas de quem está prestes a sair de férias. Minha mãe havia tirado quase todos os pequenos objetos que ficavam sobre os móveis. Acendi a luz da primeira sala e o resto continuava no escuro, eu me deslocava de um cômodo a outro acendendo uma luz após outra, e lentamente a casa se revelava para mim. Como por instinto, peguei a câmera fotográfica e comecei a clicar. Acho que aquele foi o momento em que percebi que meu pai estava morto.

Guardei aquelas fotos por um tempo, não sabia o que fazer com elas, estava elaborando a ideia de que aquele era o primeiro sinal da natural desintegração da família.

Nós, isto é, eu e os meus pais, sempre fomos muito físicos, mas na verdade nunca conversamos, então não fizemos isso sequer naquela ocasião. Outro problema era que eu não podia escrever a respeito. Pensei em fazê-lo, porque é o meu modo de processar, mas seria como desnudar tudo, sentia que seria eticamente errado.

No entanto, eu devia encontrar um jeito para comunicar à minha mãe que eu tinha entendido o que havia se passado com ela, e que eu tinha entendido como nós éramos, entre nós, em nossa comunicação sem palavras.

No final, decidi fazer uma exposição com as fotos tiradas naquele dia, na casa escura e limpa, e a exposição se chamava *My Mother's Silence*. Referia-se ao silêncio dela, mas também ao meu.

Isso confundiu muitas pessoas porque pensaram que quem tinha morrido era ela. Só que não, e ela foi à exposição, muito comovida, e me disse entendi que você entendeu. Mais nada.

Depois me pediu as fotos, mas por alguma razão nunca as entreguei, não acho que eu consiga ver aquelas fotos na casa. Em relação a como ela está agora, digamos que tenha sido um manual sobre o luto, nos dois anos seguintes aos acontecimentos ela passou por todas as fases. Agora está bem até onde posso saber, é muito independente, e autônoma. Conversamos mais desde quando nasceu minha filha. Ao cemitério – que, aliás, vem do grego, *the sleeping place*, o lugar onde se dorme, e desculpe, mas às vezes com etimologia eu fico como o pai do *Casamento grego* – ela vai duas vezes ao ano, no aniversário da morte do meu pai e no de sua mãe, minha avó.

Acho que a ideia da morte, diz Christos, está sempre presente na minha cabeça, acho que a maior parte do meu trabalho tem a ver com a morte; acho, aliás, que nunca fiquei surpreso quando alguém morreu. Eu sei que isso que vou dizer soa muito fácil em palavras, e é também uma espécie de contradição, mas eu tenho essa forte crença na ausência de metafísica. E estou realmente muito convencido disso, portanto sou quase metafísico na minha crença na ausência de metafísica. Nunca tive preocupação a respeito. Às vezes penso no que poderia acontecer se eu morresse de repente, afinal na quarta à noite aqui em Pequim escorreguei no banho e fiz um corte na cabeça. Acabei no pronto-socorro e cheguei ao café da manhã todo enfaixado. Então me pergunto o que aconteceria se eu morresse agora, e aí me respondo o.k., pode acontecer. Eu me acostumei a viver com a ausência de permanência, e isso tem a ver inclusive com o meu estilo de vida: posso ter um trabalho como posso não ter, posso ter dinheiro como posso não ter, posso ter uma relação como posso não ter. Nada dura por muito tempo, e tudo bem para mim a insegurança nesse sentido. Não sou muito ansioso nem mesmo por Nicoleta, minha filha, pois tenho a noção de que ela é uma pessoa que vai saber como administrar as coisas a seu modo. Entre mim e ela há quase cinquenta anos de diferença, a preocupação seria compreensível, mas de alguma maneira acredito nela, não em mim.

Tenho a sensação de que tudo que faço em sentido material e imaterial agora pertence a ela e que ela vai fazer disso o que quiser. Num certo sentido isso é metafísico, mas não no sentido de acreditar que eu continuarei em Nicoleta. O receptor é um sujeito autônomo e vai decidir o que fazer com esses instrumentos. Pode aceitar ou rejeitar a maneira como fui, aquilo que escrevi, as minhas coisas, a minha imaginação, a minha língua, o meu aspecto. Mas agora sei que há um receptor, e esse receptor tem uma vontade.

Além disso, tenho uma péssima memória, lembro-me de pequenos detalhes, mas, por exemplo, tenho muita dificuldade para recordar a minha infância; às vezes olho umas fotos e penso isso nunca aconteceu, eu não fiz isso. Nesse sentido, há um fato que quando penso em meu pai recordo precisamente. Eu estava em casa com a minha ex-namorada, deve ter sido outono ou primavera, pois ele usava uma camiseta e um pulôver leve. Tinha ido ao mercado dos agricultores e chegou em casa com grandes sacos de maçãs. Eu lhe disse por que comprou todas essas maçãs, quem vai comê-las, vão apodrecer na geladeira. Ele insistia, queria me deixar os dois sacos de maçãs e eu continuava a lhe dizer pare de insistir, que eu ficaria só com um e o outro ele podia levar consigo, e assim foi. Não entrou em casa, peguei o saco de maçãs e ele foi embora, tudo aconteceu na porta de entrada. Sinto muita culpa, não fui duro, mas não o convidei para entrar, não lhe disse sente-se. E agora você me pergunta mas o que têm a ver as maçãs, por que razão são importantes, e eu não sei. Não estava mais pensando nisso, mas entre as fotos da exposição há uma que mostra três maçãs em cima de um móvel, num escuro todo puxado para o azul. A partir de certo momento, minha mãe decidiu que naquele lugar haveria três maçãs como enfeite, trocadas quando necessário, intocáveis. Algumas vezes tentei pegar uma e comê-la, mas ela diz não, deixe-as aí, são para enfeitar, pegue as da geladeira.

Gabriele Di Fronzo
(Itália, escritor)

Não me lembro exatamente quando foi. Pode ter sido tanto cinco, sete, como dez anos atrás. Eu e a minha família morávamos na escada à esquerda enquanto minha avó, a mãe da minha mãe, morava na escada à direita. Dada a proximidade, muitas vezes compartilhávamos as refeições e parte do dia.

Um dia, desci até ela, no quarto havia uma poltrona onde se sentava para ler ou assistir à TV. Sentava-se naquela poltrona e me dizia vou contar só para você para não deixar os outros tristes; falo só para você, trate de se lembrar disso quando for a hora.

Ela me explicou que já havia pagado a cremação, e que o recibo estava no guarda-roupas. Levantou-se para abri-lo e retirou o vestido em cujo bolsinho se encontrava o recibo. Era um traje completo composto de blusa e saia cinza, com uma camisa azul floral e um lenço de seda primaveril, leve, que era gostoso de sentir passar entre as mãos. Um tempo antes, na montanha, tinha pedido aos meus primos que batessem fotos dela, e ela fazia poses sentada em um banquinho, com lindas flores por detrás.

Eu li certa vez, ela já havia morrido, a respeito de um costume em uso no cemitério de St. Marx, em Viena, na primeira metade do século xix. Também era muito difundido entre as classes menos favorecidas, por uma pequena quantia amarrava-se uma corda que partia do caixão do defunto e terminava na guarita do segurança do cemitério, ligada por uma sineta. Isso para o caso de o morto querer revelar algo de si.

Minha avó morreu no ano passado, em junho de 2017. Foi cremada e foi escolhida uma roupa. Poucos dias depois eu estava na casa dela com minha mãe e a sua irmã gêmea, minha tia. Juntos estávamos decidindo que fim dar aos móveis, aos objetos e às roupas.

Eu estava sentado na poltrona, assim como no dia em que ela foi abrir o guarda-roupas. Eu estava sentado na poltrona, minha mãe e a irmã vão abrir o guarda-roupas e dão de cara com o vestido.

Sobre a cremação, provavelmente havia dito a mais alguém, já há muitos anos falava em querer ocupar o menor espaço possível para poder ficar no mesmo nicho do seu marido, meu avô. Mas do vestido eu é quem devia me lembrar.

Ali eu senti aquele puxão da corda da minha avó, que pela enésima vez, que certamente não será a última, condenava a minha falta de memória que permeou a nossa relação. Eu sempre me esqueci de tudo, e ela sempre vinha com sermão. Muitos anos antes, consegui perder na rua um volume da enciclopédia *Il tesoro*. Também guarda-chuvas eu os perdia a toda hora, a respeito deles dizia sempre este é o último que compro para você, mas nunca era.

Quinto

Quando fica claro que em casa
tenho o Gracioso Universo

(pensamentos e ações número cinco)

Cemitério de San Michele (Veneza)

Art. 3 – Dispersão das cinzas
2. A dispersão das cinzas deve acontecer durante o dia, com meios funerários ou com meios próprios, desde que seja garantido o decoro público, no respeito às disposições normativas vigentes na área da dispersão, e é permitida nos seguintes locais do território do Município de Veneza [...].

Art. 4 – Sentido comunitário da morte
Nos seguintes casos, a fim de que não seja perdido o sentido comunitário da morte, está organizado, dentro do cemitério, um método de registro pesquisável que mostra os dados pessoais do falecido cujas cinzas foram dispersas: [...]

«Regimento municipal», Veneza

Em 1999, diz Sacca, eu me formei no segundo grau e depois me matriculei em química industrial, daí o ano em que mudei de faculdade e comecei arquitetura era o ano seguinte. Então deve ter sido no segundo ano de arquitetura, mais ou menos nesse período aí (que é terça-feira, 13 de novembro), eu só sei que era uma hora em que mudavam os horários do cemitério. Era outono de 2001. Eu precisava preparar uma prova para Semerani, que era famoso inclusive pelo projeto, até onde sei nunca realizado, do cemitério monumental de Pésaro. Era um projeto particular, agora não sei como é Pésaro porque nunca fui lá, mas fica no mar e parece que tem um morro no fundo; a ideia era estender o cemitério na descida da colina e dar um destaque significativo para a iluminação. A ideia era que os cidadãos de Pésaro pudessem, da cidade, ou melhor, das praças da cidade, reconhecer teoricamente a luzinha do próprio ente querido, só que eu ouvi um barulho aqui, dentro dessa espécie de capela familiar.

Acho que era a minha barriga, digo a ele.

Entendo, todo esse cheiro de defunto me deu apetite também, depois levo você para comer frango frito. Porém a prova consistia em preparar o projeto de um cemitério. Os mais ousados se aventuraram no projeto de expansão de cemitérios já existentes, enquanto do ponto de vista acadêmico era mais simples projetar um do zero. Pois é, a mim impressionava muito o cemitério de Palmanova, cidade muito particular pela planta em forma de estrela de nove pontas; impressionava-me porque retomava um pouco este conceito de cidade murada, e eu gostava de ficar pirando na sua expansão. Para fazer isso, precisava ver os exemplos de maior excelência em expansão de cemitérios, como o projeto Chipperfield, a parte mais moderna do cemitério de San Michele.

Digo a Sacca você sabe que agora precisamos parar um pouco? Precisamos parar um pouco porque tenho de explicar rapidamente que o cemitério de San Michele é o cemitério de Veneza, e que, se é verdade que Veneza é uma ilha situada em uma laguna, então é verdade também que o cemitério de San Michele é por sua vez uma ilha menor que fica a apenas uma parada de *vaporetto* da ilha principal, justamente a parada depois do hospital de San Giovanni e San Paolo. É um belo cemitério, vou até lá pelo menos uma vez por ano para dar uma volta e visitar alguém que está na parte nova mas não novíssima, chama-se Spavento Costante e está enterrado bem embaixo de Maria Segata.[1] Porém, como todos os cemitérios, San Michele é dividido em setores; os mais célebres, inclusive pelo fato de hospedarem os VIPs, são o setor ortodoxo, o católico e o evangélico. Lá podem ser encontrados Iosif Brodsky, Igor e Vera Stravinski, Sergei Diaguilev, Ezra e Dorothy Pound, Helenio Herrera. Eu por exemplo nem sabia quem era Helenio Herrera, mas enquanto vagávamos pelo setor evangélico você abriu um sorriso cheio de dentes e disse Helenio, o que faz aqui? Você apontava para uma lápide enfeitada com um cachecol do Inter. Agora pode continuar.

O projeto Chipperfield foi um caso internacional, aliás muito criticado, realizado após vencer um concurso que envolveu arquitetos de todo o mundo. Previa a expansão sobre uma parte já emersa, mas inutilizada da ilha, acrescentando depois uma parte de ilha artificial. Mas a voz do alto-falante diz informamos que o cemitério fecha às dezesseis e trinta, ou seja, daqui a pouco.

Sim, e, visto que você estava para começar a falar da fundação napoleônica do cemitério, talvez pudéssemos pular algumas etapas e chegar logo ao momento em que você pousa aqui, em 2001, para evitar repetir a mesma lenga-lenga da época em 2018.

Na época não havia esse falatório, ou talvez houvesse e eu ignorei, mas acho que não havia. Porém naquela ocasião descobri por conta própria que uma particularidade do cemitério de San Michele é que ele tem horários diferentes daqueles dos cemitérios em terra firme. Mas esse é um outro barulho, diz Sacca, ela se mexeu?

---

[1] Os túmulos de fato existem com essas denominações. O que torna curioso é que os nomes, se traduzidos, ficam «Constante Susto» e «Maria Serrada». [N. T.]

Quem? Não, era alguém que trabalhava aqui atrás da capela. Certeza?
Sim.
Não, porque talvez depois de uma certa hora eles saiam e fiquem se preparando.
Acho que não, resumindo?
Resumindo, eu estava muito tranquilo e sereno, daí começou a escurecer e, enquanto eu estava em uma ala não lembro qual, olhando os túmulos, vi-me ao lado de um senhor muito velho. Esse senhor me cumprimentou, não me lembro da conversa, presumo que ele a tenha começado, já que eu estava muito concentrado em fazer as minhas coisas. O fato é que num determinado momento me perguntou o que eu tinha intenção de fazer, já que o cemitério estava fechado e não havia nenhum vigia. Eu fiquei perplexo porque naquele instante percebi que eu zanzava em um lugar fechado e deserto havia mais de uma hora. Esse senhor era um frade missionário, estava vestido com uma túnica branca, o que, dito assim desta maneira, percebo que pode não parecer muito plausível.
Tinha barba?
Tinha uma longa barba branca.
Claro.
Só que ele me disse que morava ali. Não me lembro de como a conversa se desenrolou, o fato é que eu àquela altura tinha pouco interesse em saber onde ele morava, porque eu estava fechado lá dentro e começava a ficar escuro e frio. E depois aquela forma de respeito em relação a uma pessoa muito velha me levava a não abusar da conversa, e ele, no entanto, não respondia às poucas perguntas, ficava me contando sobre suas missões na África. Só depois de uma boa hora de papo me explicou que, se eu voltasse para a entrada do cemitério, olhando a porta de acesso, à direita, uns vinte

metros mais adiante, eu veria uma pequena porta fechada com tranca e cadeado, mas que o cadeado estava só encostado, bastava erguê-lo para abrir e sair no píer. De lá me aconselhou a ficar abanando os braços para chamar a atenção de algum *vaporetto* de passagem e embarcar. Dizia ter noventa e oito anos, algo por aí. Mas o que acha, vamos agora? São quase quatro e meia, assim a gente vê onde fica a porta que dá para o píer, que obviamente não encontraremos.

De fato não o encontramos, encontrando em vez disso uma porta que dá para o átrio do mosteiro camaldulense, fechado desde os anos 1810, um átrio que se estende sobre a laguna, em águas abertas, desprovido de píer.

O que faço quando não estou escrevendo (bater em portas emparedadas)

No que diz respeito a dormir em casa, existem pelo menos dois problemas. Por exemplo, como se faz para dormir quando você tem outras três pessoas que dormem do lado de fora, que são a centésima quinquagésima, centésima quinquagésima primeira e centésima quinquagésima segunda pessoa do ano que descansou a cabeça no travesseiro e o corpo todo no colchão, que caminhou pela cidade carregando atrás de si os problemas próprios da sua casa e depois à noite voltou para você com a cauda longa dos problemas de antes, a que se juntaram ainda todos os problemas da cidade e das pessoas em quem esbarraram por engano, cuidaram demais, não cuidaram direito. Toda essa gente acredita resolver os problemas com as férias, e, em vez disso, acumula-os; mergulha no sono convencida de que desaparece, e, em vez disso, sonha, e daí os sonhos ficam grudados nos travesseiros e colchões e chega depois o próximo, que repete sem saber todo o procedimento acima e além disso volta para casa com os sonhos daqueles de antes grudados na cabeça e assim por diante vão aumentando até chegar aos afortunados que só de sonhos e pensamentos alheios na cabeça acumulam cento e cinquenta, seiscentos, mil. Eu, mais que qualquer outro, ouço-os ribombando, saturando o ar, pergunto-me como se faz para viver assim, e depois como se faz para viver de qualquer outro jeito.

O segundo problema é que os boletos chegam no nome do pai da dona da casa, quando o pai da dona da casa morreu há vinte anos. No nome da mãe chega a correspondência das entidades filantrópicas cristãs católicas que gentilmente perguntam se por acaso não pode arrumar um euro a mais, tipo viciado na estação, mas socialmente aceito. Ela não arruma nada, já que por sua vez morreu algumas décadas atrás.

Nesta casa estou muito bem, mas sou também muito impressionável. Então, naquelas raras vezes em que não há peregrinos globais e Sacca está trabalhando até tarde, a única solução que encontro é dormir com uma luzinha acesa.

A casa da Tiziana, que na verdade também é minha casa, é pior, pois tem ainda os habituais bichinhos de estimação enterrados por lá (para os cachorrinhos de quando ela era menina, fiquei sabendo que o avô tinha fabricado dois caixõezinhos de madeira). Sacca, que uma vez foi dormir comigo, ficou acordado a noite inteira porque, dizia, caminhavam o tempo todo. Mas quem? Não sei, caminhavam.

Porém não é a primeira vez que ele me vem com essas. Um dia, sobre os peregrinos globais, como se fosse algo muito normal, perguntou para mim quantos desses que passaram por aqui você acha que estão mortos?

Quando vivíamos os três juntos, incluindo Giulia, eles se alimentavam reciprocamente desses assuntos.

A mim o fato de haver um bloco de concreto embaixo do aquecedor nunca incomodou. Já se iam dois anos que estávamos naquele apartamento arejado, com varandas e nenhum mofo traiçoeiro, podia ser suficiente para eu não me colocar questões incômodas do tipo o que faz um bloco de concreto embaixo do aquecedor.

Por que começo do fim

Daí Sacca chegou para morar ali também, e parece que até a mais feliz das convivências coincide com uma ainda que mínima perda da harmonia, própria de indivíduos autônomos. Nada de dramático, a minha bagunça fora de controle, os seus furtos de comida, encontrá-lo, ao chegar do trabalho, dando umas batidinhas na parede do corredor, de vez em quando grudando o ouvido nela.

Daquela vez nem tive tempo de perguntar o que você está fazendo que Giulia sai do quarto perguntando o que você está fazendo. Não porque, diz, eu estaria tentando dormir, que tenho o turno de fechamento do bar.

O que talvez não digam os analistas da coabitação é que existe a contemporaneidade, e na contemporaneidade os casais frequentemente têm coinquilinos, ou melhor, que os coinquilinos estavam lá antes que viessem os casais.

Os analistas não sabem disso e espero que continuem a não saber ainda por muito tempo, pois estou certa de que quando souberem não chegarão ao ponto, já que muitos analistas tendem a não entender merda nenhuma das coisas que analisam, não as tendo jamais vivido.

O fato é que Sacca, como resposta, pediu a Giulia que batesse na parede do seu quarto, e a mim que fosse bater nas paredes do quarto dos peregrinos globais, ambas fazendo fronteira com a parede que ele estava auscultando sabe-se lá desde quando.

Então Sacca, com cara de quem acabou de acordar depois de dormir a noite toda e fumou seis cigarros e se meteu a abraçar paredes, nos diz mas vocês nunca perceberam que tem um degrau embaixo do aquecedor? E nós: mas não é um bloco de concreto?

Sim, mas é um degrau e essa parede atrás está vazia. Não veem que as duas salas estão apartadas entre si o dobro em relação às outras?

Você realmente usou «apartadas entre si» na língua falada?

Sim, qual é o problema?

Nenhum, só fiquei muito admirada.

Este é o ponto da narração em que eu deveria explicar de modo suficientemente misterioso, mas não afetado, como essa casa apareceu mais de uma vez nos meus sonhos e nos de Giulia com uma planta diferente. Ali onde está o degrau havia uma sala a mais ou uma passagem que dava para o andar de baixo. Eu então chegaria até Sacca, que conclui que, dado o diâmetro, ali necessariamente foi fechada uma porta de acesso a uma escada que subia ou descia em direção a algum lugar (um terraço? um sótão? o apartamento dos vizinhos?). Se eu fosse boa mesmo, meteria uma picareta ali, e veria um cadáver mumificado sobre os degraus escondidos, uma urna, cartas secretas, um tesouro, havendo ótimas possibilidades de ficar em dia com o imposto de renda depois da publicação.

I Camillas
(Pésaro)

Nas praças da Europa
nas praças dos papas
me arrancaram
e me jogaram
quase leve
ainda não aterrissado
ainda não aterrissado.

I Camillas, «Engano romântico»[2]

Rossini e Moretta

No início do dia fomos a um bar na orla e tomei um café americano, Vittorio eu acho que um suco pronto ou espremido na hora, Mirko também um café americano e uma Rossini. Daí me disse agora veja o que é uma Rossini, que é algo típico daqui. Quando chegou, eu a observei com uma desconfiança atenuada somente pela estima que tenho pelos meus interlocutores, e logo olhei para Mirko, em busca de

---

2 *Nelle piazze d'Europa / nelle piazze dei papi / mi hanno divelto / e scaraventato / quasi leggero / non ancora atterrato / non ancora atterrato.* I Camillas, «Errore romantico».

respostas. Mirko explicou o que nos anos 1980, em Pésaro, a partir de uma tal confeitaria, ficou famosa a pizzazinha vermelha de café da manhã, com ovo cozido e maionese. Ficou tão famosa que se espalhou da tal confeitaria para a cidade toda, até ser promovida a prato típico. Depois encontrei, conferindo na internet, a notícia de que Pésaro lidera, entre as cidades italianas, o consumo de maionese, e que em 2005, em Pésaro, fizeram a pizza mais comprida do mundo, e a pizza mais comprida do mundo era coberta com novecentos ovos cozidos e oitenta quilos de maionese.

O nome da pizza Rossini, nem preciso dizer, deve ser entendido como uma homenagem a Gioachino Rossini, que era de Pésaro.

No fim do dia fomos ao bar da estação e nos sentamos para tomar três cafés passados ou expressos, o que você achar melhor. Mirko me explicou que na cidade vizinha de Fano fazem a Moretta, que é o café dos pescadores, e dizia se faz assim: rum, conhaque, anis, raspa de limão, açúcar, esquenta tudo na cafeteira e em cima você coloca o café, os bons mesmo fazem em três camadas. Você bebe, é excepcional, e depois vai pescar, ou pelo menos antes ia. Então o que você quer é como um café *corretto*. É provável que tenha nascido das sobras de bebidas alcoólicas e servisse como um estímulo para ir trabalhar. Então num determinado momento nasceu este festival em que a ideia era unir Fano e Pésaro, e de fato ele acontecia bem na divisa, era a festa da pizza Rossini e da Moretta de Fano, durou um ano, depois fim.

Algumas horas antes, enquanto íamos buscar Mirko, Vittorio me havia explicado que Pésaro está em uma posição que permite ver tanto o nascer do sol quanto o sol poente e que então se pode dizer que em Pésaro tudo é lateral. Além do mais, em Pésaro há o rio que se chama Foglia e isso, quando criança você aprende a dar nome às coisas, confunde um pouco as ideias.

O trem

Em resposta à história do frade branco da ilha de San Michele, agora eu tinha pensado em propor um grande clássico do gênero cemiterial, ou seja, a entrevista com o velhinho guardião, mas os velhinhos guardiões não existem mais, existem os contratos com as associações. Então eu queria ir conversar com a polícia mortuária de Campo Manin, e depois com os frades de San Francesco della Vigna, ou pelo menos pensei nisso, daí um dia me levantei cedo, que era primeiro de abril, peguei o direto das 6h55 para Pésaro, e fui conversar com Zagor Camillas e Ruben Camillas, isto é, com I Camillas.[3]

Naquele trem subiu também uma menina que ocupou o assento 20C, a saber, aquele ao lado do meu, e a mãe gritava da estação vai fazer xixi com a bolsa, vai fazer xixi quando andar, vai fazer xixi quando andar e não deixe a bolsa. Olhei para a menina e trocamos um sorriso sem comentários, depois ela tirou um livro, eu coloquei os fones e escrevi essas coisas para não esquecer.

Esse pedaço de capítulo de agora em diante então se chama *Tudo aquilo de que me lembro sem anotação e que escrevi no caderno dentro do trem da volta*. Isso porque a certa altura aconteceu que, depois de vinte e oito minutos que I Camillas falavam pelos cotovelos e no gravador de voz, a gravação se interrompeu. Eu não percebi, a não ser depois que o tempo

3   «I», em italiano, equivale ao artigo definido «os» em português. [N. T.]

já havia passado e as coisas já haviam sido contadas. Durante aquele tempo eu poderia jurar que Ruben Camillas, que de agora em diante voltaremos a chamar de Vittorio, dizia que desde pequeno algo que o confundia era que a avó paterna lhe ensinava todos os jogos de baralho enquanto a materna proibia-os taxativamente, pois pelas cartas passava o demônio. Essa avó materna era muito crente, muito religiosa, mas na sua família acreditava-se em magia. Daí um dia que tinha já noventa anos aconteceu de ter visto um programa na televisão e depois de um tempo puxou Vittorio à parte e lhe disse que em tal ponto da casa havia uma carta com as suas vontades, entre essas vontades estava a de ser cremada. Num momento em que a cremação na época era muito cara e pouco praticada, ela tinha separado o dinheiro, para que não pesasse para a família.

À pergunta mas vovó, por quê?, porque tenho medo de ficar no caixão sozinha.

Quando então anos depois chegou o momento de realizar suas vontades, aconteceu que ao mesmo tempo precisaram esvaziar e reorganizar a sepultura da família, aquela em que estavam também os pais dela. Então, no final, acabou sendo criado justamente o espaço para os caixões deles e a urna dela, e dizia Vittorio que nós falamos assim está perfeito, assim a vovó está felicíssima.

Do lado de fora do bar da orla ficava a orla, uma notável casinha no estilo Liberty, uma grua, placas de hotéis, uma fonte com uma bola de Arnaldo Pomodoro no centro. Na parte não gravada, eu poderia jurar que Zagor Camillas, que de agora em diante voltaremos a chamar de Mirko, dizia que num certo momento localizável entre 1986 e 1989, quando a Scavolini venceu o campeonato de basquete, aconteceu que o pessoal, bêbado de alegria, de entusiasmo e talvez de

Moretta, pulou sobre o pedestal da bola de Arnaldo Pomodoro e a empurrou até que veio abaixo, rolando por toda a avenida que leva para o centro.

O teto da casinha estilo Liberty, que se chama Villino Ruggeri, é sustentado por fileiras de lagostas de pedras, e na porta há uma inscrição que diz AQUI EU FAÇO BOM SANGUE.

I Camillas para todos
(o que dizem eles sobre eles)

> *E todos os jogadores foram aplaudidos*
> *e todos os jogadores foram assassinados*
> *e todos os jogadores foram esmagados*
> *e todos os seus corpos foram queimados.*
>
> I Camillas, «Motorock»[4]

Mirko diz que Mirko e Vittorio, ou seja, Zagor e Ruben, são brincalhões que gostam muito de brincar com a música e de se cercar de outros brincalhões que depois se tornam irmãos. Diz somos dois brincalhões. Podemos brincar com coisas divertidas ou muito amargas, com cantigas infantis e golpes da realidade. Fazemos os discos, as transmissões de rádio, escrevemos um livro, e todas essas coisas nós as fizemos sempre com essa postura. A ideia é levar as pessoas para muitos lugares sensoriais e emocionais, e esta sacudida para

---

[4] *E tutti i giocatori sono stati applauditi / e tutti i giocatori sono stati ammazzati / e tutti i giocatori sono stati ammassati / e tutti i loro corpi sono stati bruciati.* I Camillas, «Motorock».

lá e para cá é como se dissesse que está tudo bem, é como querer dizer que tudo pode estar junto.

Vittorio diz que este jogo aí, o contexto para onde decidimos levá-lo, é a música ao vivo. A grandeza do show está ali onde nos encontramos mais à vontade e onde o jogo se expressa imediatamente. Cada situação é diferente e cada lugar tem uma forma sua (um casamento, um centro social, uma casa noturna, uma tarde às seis em uma festa de bairro), e é ali que o jogo se torna ainda mais jogo porque tem a ver também com o tempo. O sentimento de liberação vem do fato de que, como show, ele não pede nada de você a não ser deixar rolar. Isso é algo bem explicado em uma canção que se chama *L'anca*, em que digo que ela é uma parte do corpo importantíssima, mas não muito considerada. A anca não pensa nada, é obtusa, mas é a liberdade, é o contrário do cérebro, mas não como a bunda, que agora anda muito sobrecarregada. Nós explicamos que a anca vai além, mas a associação ortopédica ainda não nos chamou. Um amigo tentou vender uma outra canção nossa, que se chama *A máquina motivacional*, para uma marca de preservativos, mas depois não deu em nada, porém fomos chamados pelo gerente geral da empresa de tratores Carraro, de Pádua, e acabou que fomos parar na feira de Maniago.

I Camillas para todos
(o que digo eu sobre eles)

Não podem me encontrar entre as amoreiras
nos espinhos eu desenho o amanhecer
quando surgem as luzes do sol
vejo o sangue espalhar-se pelas amoras.

I Camillas, «Amoreiras»[5]

A primeira vez que conversei com I Camillas foi em 4 de novembro de 2016, isto é, na primeira vez que tocaram no Clubinho. Eu tinha começado a ouvi-los alguns anos antes, a convite do Norman, que um dia me disse escuta, esses aí são de Pordenone. Em 2015 tinham ainda participado do *Italian's Got Talent* e explicado que eram de Pordenone e que tinham ido para a costa leste de Pésaro; no que diz respeito ao real, isso é com eles, já que o real é algo que tende a ser superestimado.

Dito isso, eu naquele Carnaval não podia imaginar todo o desenrolar da trama que viria depois desta série documental que é a vida, mas I Camillas foram um dos mais involuntários e belos presentes que Sacca poderia ter me dado ao abrir o Clubinho e colocar lá dentro o pessoal para tocar. Involuntário no sentido de que, pela lógica, o objetivo do Clubinho não era me dar presentes, mas realizar shows e atividades culturais para um mundo melhor, com mais música e mais coisas para fazer (*spoiler alert*: depois nós fechamos).

[5] *Non sanno ritrovarmi fra i rovi / sulle spine io disegno l'aurora / quando scoppiano le luci del sole / vedo il sangue steso sopra le more.* I Camillas, «Rovi».

Quinto

Quando eles de fato tocaram no Clubinho, não parecia verdade que eu poderia enchê-los de perguntas tediosas até as três da manhã. Naquela época, eles estavam em turnê com *Tennis d'amor*, um álbum que tem na capa a prensa de Terni com um fundo todo amarelo-doença que parece algo saído de um desenho animado pós-apocalíptico. De fato, dizem, eles quiseram assim porque a prensa de Terni é tanto um monumento quanto um maquinário quanto um brinquedão, com uma engenharia pesada por fora e a delicadeza por dentro. Eu, no entanto, naquela noite que já era manhã, queria saber como é que I Camillas, atores dos shows mais alegres que eu já presenciei, pareciam ao mesmo tempo fazer canções cheias de morte.

Eu tinha inclusive levado exemplos, e ainda me deram outro, que eu tinha esquecido completamente, uma faixa escondida, e foi para que eles me recontassem bem essa história que em um 1º de abril peguei o trem das 6h55 direto para Pésaro.

Faixa escondida

Le politiche del prato [As políticas do gramado] é o segundo álbum dos I Camillas e na sua versão física é feito de modo que, se você abre a caixa, ali onde ela não deveria ser aberta, embaixo você encontra uma foto de Mirko e Vittorio sorridentes, perguntando encontrou a faixa escondida?

Eles dizem que todos aqueles que a encontram pensam que a faixa escondida é a própria foto escondida. Em vez disso, a faixa escondida está em uma canção que se chama «Dimmi» e que dentro contém uma canção que se chama «Tiroide».

A esse respeito, eles me explicam: estávamos dentro do estúdio de gravação, que era um estúdio improvisado no campo. O trecho era só vocal, mas com fones de ouvido, na sala, não estava ficando muito bom, e fazia um dia muito bonito, então dissemos vamos lá fora, levamos os microfones lá fora. Cantamos na colina, com os microfones longe. Enquanto gravávamos, percebemos que a gravação pegava todos os sons, os cachorrinhos, as coisas, a natureza, as pedras, os passos.

Então o cara que nos gravava disse vamos fazer uma faixa adicional só com barulhos de fundo, daí vocês agora podem sair.

Assim, enquanto estávamos longe esperando que o cara que gravava gravasse os sons, as coisas, os cachorrinhos, a natureza, as pedras, os passos, pensamos mas se junto com esses barulhos de fundo nós fizermos com que se ouça também uma outra canção embaixo da canção principal? Aí começamos a cantar «Tiroide», uma música que já existia.

«Tiroide», entre várias coisas, diz *Não tenho medo de escrever te amo no muro/ não tenho medo do muro,* daí o refrão entra *e não há nenhum presente embaixo da árvore para mim/ e não há nenhum gatinho miando para mim.*[6] Ou seja, é a história de alguém que manifesta um amor, porém no fim das contas ninguém o ama, não é naquele momento amado.

A canção que está por cima, que está na superfície, por outro lado, nasce como uma coisa jocosa inclusive com um jogo de vozes. Nós a escrevemos bem no começo e no início era toda tocada com muita rapidez, daí os instrumentos saíram e fizemos uma faixa apenas vocal, com os vocais.

6 *Non ho paura di scrivere ti amo sul muro/ non ho paura del muro,// e non c'è nessun regalo sotto l'albero per me/ e non c'è nessun gattino che miagola per me.*

Dura aproximadamente quatro minutos e dezesseis segundos. Nos primeiros três, no fundo estão o caminhar, o cachorrinho, o trinado, as folhas, as coisas, acompanhados de «Tiroide», que se ouve e não se ouve. Por cima há Vittorio, que repete muitas vezes *diz pra mim diz pra mim diz pra mim*, e Mirko, que pergunta a um interlocutor invisível *o que você faz? onde você está? quanto tempo você fica? aonde você vai? com quem você está? o que você faz?*[7]

Depois todos em coro fazem o jogo de vozes e o jogo de vozes diz *ah, queria uma árvore/ foi muito bonito/ foi fantástico/ o gramado era macio/ o gramado era mágico/ estou com vontade de chorar/ um novo conflito/ uma perplexidade.*[8]

O que acontece do minuto três até o final é que «Tiroide» silencia, no fundo permanecem pássaros cantando e cachorros latindo. O ritmo e a atmosfera levam a um fim diferente do início e menos jocoso, no qual Mirko canta *sabe que esta manhã perdi muito sangue/ as flores perfumadas acabaram todas/ em doze de junho fui para a cama/ do lado de fora da porta tem alguém que nunca bate.*[9]

Mirko, que é também autor da letra, diz, em relação à letra desta última parte, eu me lembro de um jogo de contraposições, de contrastes. Depois eu disse sabe o que vamos fazer em seguida?, vamos colocar que em um dia específico fui para a cama. Estamos sempre dentro do jogo. Fora da porta tem alguém que não bate, está tudo errado.

7   *Dimmi dimmi// cosa fai? dove sei? quanto stai? dove vai? con chi sei? cosa fai?*

8   *Ah, volevo un albero/ è stato bellissimo/ è stato fantastico/ il prato era morbido/ il prato era magico/ ho voglia di piangere/ un nuovo dibattito/ una perplessità.*

9   *Sai che stamattina ho perso molto sangue/ i fiori profumati son tutti finiti / il dodici di giugno sono andato a letto / fuori dalla porta c'è qualcuno che non bussa mai.*

Ali naquela letra, tudo o que é é assim. Me vem à mente uma entrevista com Pasquale Panella, quando lhe perguntavam mas o que quer dizer aquele negócio ali que você escreveu e ele respondia aquele negócio ali é aquele negócio ali, é exatamente aquilo.

Aquela canção, resumindo, é toda ela um jogo, sobretudo a primeira parte, que queria transmitir uma atmosfera de bem-estar que realmente existia. Queria transmitir isso dando nome a coisas óbvias e simples.

Então, conta Vittorio, em algum dia de algum ano, aconteceu que em uma livraria de Bolonha tínhamos um evento, e no fim do evento essas duas meninas se aproximaram e nos disseram podemos perguntar uma coisa para vocês?, porque eu e a minha amiga já estamos nos perguntando isso há alguns dias.

Elas nos perguntaram mas vocês, para escreverem «Dimmi», se inspiraram no assassinato de Francesca Alinovi?

Vittorio explica que as meninas, estudiosas de arte contemporânea, haviam encontrado na canção todas as principais referências à morte de Francesca Alinovi. Tinham encontrado na parte final, onde o tom muda e o jogo parece acabar.

Francesca Alinovi, nascida em Parma em 28 de janeiro de 1948, foi uma pesquisadora na Universidade de Bolonha, crítica de arte, porta-voz do movimento artístico do Enfatismo. Em 15 de junho de 1983, os bombeiros irrompem em seu loft bolonhês e a encontram morta, estendida sobre um tapete encharcado do seu próprio sangue. O corpo atingido por quarenta e sete facadas com cerca de um centímetro de profundidade, nenhuma letal, exceto aquela que lhe cortou a jugular. Uma flor de plástico jaz ao seu lado, a autópsia ressalta que a morte ocorreu três dias antes, em 12 de junho.

Vittorio diz tem a data, tem as flores, tem o sangue, tem esse fato de que ela não morreu logo e ninguém foi bater, abrir aquela porta. Então as meninas queriam perguntar se era uma referência a isso, algo que eu de fato conhecia porque em 1983 eu já tinha ciência, mas não tinha pensado sobre. Não me lembro de como terminou, mas foi chocante. Ela estava no auge, visualmente me lembro ainda de que era morena, supermaquiada, toda vestida anos 1980, era a modernidade. Porém, realmente, foi uma coincidência? Foi uma coincidência. Também a coincidência eu a vivo como uma constante projeção para o que está fora de nós. Encontrar as coincidências é como dizer que eu vejo um piano e digo ó, aquele piano ali eu já tinha visto naquele outro lugar lá, ou seja, tecer fios no mundo e não limitar o universo em mim. No entanto, estávamos em Bolonha quando escrevemos a canção.

Este é o ponto em que Mirko faz uma cara de grande espanto e diz puta merda, estávamos em Bolonha. Depois diz mas eu infelizmente não acredito em nada, acredito muito nas pessoas e em nada mais que nas pessoas. Mesmo assim, é fascinante, eu de cara fico fascinado, eu de cara me emociono falando disso, mas depois, se você me pergunta se eu acredito que haja algo de sobre-humano no que aconteceu, eu não acredito.

Então eu como eu, isto é, Ginevra, digo que a coisa mais precisa em relação ao tema em questão foi dita talvez por Vittorio, naquela noite que já era manhã, quando eu os entediava com perguntas infinitas sobre suas canções. Eu lhes havia perguntado de que história falava uma música que se chama «Rovi». «Rovi» está no álbum *Costa Brava*, e *Costa Brava* é um cemitério à beira-mar, um álbum habitado por muitos pequenos fantasmas que desordenadamente pulam de um trecho para outro. O fantasminha dos fantasminhas mora na capa, e é uma menina de camiseta branca com longos cabelos pretos, não tem rosto porque o rosto é todo enfeitado com linhas e flores, como um tecido que parece peruano, mas na verdade é persa, pois a ilustradora é iraniana. Então perguntei que história era aquela de «Rovi» e Vittorio começou sua resposta dizendo «Rovi» não é uma história que aconteceu, ou, se é uma história que aconteceu, eu não a conheço.

O píer

No entanto, eu vim até aqui para perguntar a vocês quem era o frade branco da ilha de San Michele e o que era a porta.

Mirko diz, apontando para Vittorio: ele te conta porque sabe de tudo, e Vittorio diz ah, sim, sei, pois aquele frade lá fazia parte de uma história que viu pessoas se opondo à jurisdição napoleônica. Aquele frade lá fazia parte desse negócio que é uma espécie de seita, mas é maior do que uma seita, e ele naquele momento lá, para Sacca, quis lhe dizer algo específico, isto é, que há uma portinha que não se fecha totalmente, está aberta para o píer. Sacca, naquele momento, enquanto abanava os braços, foi o centro deste movimento subterrâneo que quer manter os cemitérios abertos, projetados na direção da cidade.

Eu digo o.k., mas onde está o píer? E Vittorio diz você não deve procurar o píer, o píer existe, está dentro de Sacca, que porém se chama Marco, e isso você também sabe, o píer está dentro de Marco, está dentro de Marco Píer.

Sexto

Quando nunca fica claro que forma tem a morte, mas pelo menos podemos maquiá-la

(pensamentos e ações número seis)

Rosita
(Rose von Massacre)

Período de observação de cadáveres
Art. 9
1. Nos casos de morte súbita e naqueles em que houver dúvidas de morte aparente, a observação deve se estender por até 48 horas, a menos que o médico legista apure o óbito na forma prevista no art. 8.
Art. 11
1. Durante o período de observação, o corpo deve ser colocado em condições tais que não impeçam quaisquer manifestações de vida.

«Regulamento de polícia mortuária», *Diário Oficial*

Algum tempo depois do nosso encontro, sem um verdadeiro motivo, vou escrever para ela no Messenger perguntando Rosita, como você definiria a placa-mãe se precisasse tratar o computador como um corpo? Finge que vai escrever um manual, parte do pressuposto de que eu, de qualquer maneira, não vou entender. Ela logo responde a placa-mãe é o sistema nervoso e o mecanismo de tendões de um ser cibernético. O *case* (armação, gabinete ou chassi) é o esqueleto, e a CPU (*central processing unit*) o cérebro.

Na noite em que nos encontramos, fomos a este bar em Quarto d'Altino com o carro de Rosita, que veio me pegar na estação, e não sei bem por que aceitou falar comigo meio às cegas. Quando ela me levar de volta ao mesmo ponto, vou pensar que estou prestes a perder o último trem e, em vez disso, vou ficar esperando o trem na plataforma por meia hora, com a voz anunciando trem atrasado devido à intervenção da polícia judiciária. Agora Rosita me leva ao bar e como boa anfitriã mostra as atrações do lugar. Diz este é um dos poucos bares decentes, aquela é a ciclovia com valeta sem anteparos de proteção, onde estacionei é minha casa. Ali atrás de você, se você se virar, vai ver a placa azul, a funerária. Estou dizendo, é tudo perfeito.

Pergunto se ela quer começar a me contar as coisas e ela diz comecei a engordar lá pelos oito anos, tentei umas dietas mas infelizmente sou uma pessoa muito preguiçosa e todos os meus interesses são sedentários. Era um peso aceitável, eu era *curvy*, aí no ensino médio comecei a entrar em depressão forte e a consultar psicólogos, psicoterapeutas, até passar para o psiquiatra. Queriam me manter em observação porque eu não sou exatamente sã, mentalmente.

Tem um diagnóstico?

Diz bipolaridade e depressão.

Está em tratamento?

Não, eu tinha começado, mas o tratamento com remédios me deixava sem vontade, amorfa, e sempre com uma tristeza de fundo.

O meu isqueiro não funciona mais e para acender o cigarro Rosita me alcança um em que está escrito SPANK ME. Diz que às vezes as pessoas não entendem do que você gosta nem mesmo se você explicar para elas com palavras, então ela se muniu dos isqueiros. Define-se como *kinky* e pansexual (como *Deadpool*?, pergunto. Esse eu não vi, diz, mas gosto dos super-heróis, principalmente do Batman), não tem nenhum problema para falar do que quer que seja considerado assunto difícil, íntimo, problemático.

Conheci Rosita fazendo sua carteirinha para entrar uma noite no Clubinho. Era uma noite dark. As noites dark são bastante comuns nos clubes, têm os seus poucos mas fiéis seguidores. São noites com DJ caracterizado em que se finge existir ainda a new wave e os cabelos armados e extravagantes não são um crime. Eu particularmente gostava muito, davam um sentido à então bastante negligenciada existência de meias arrastão no meu guarda-roupas. O fato é que naquela noite, que não me lembro se era Halloween ou Carnaval, Rosita usava um rabo de cavalo lateral, maquiagem perfeita, tinha a voz bem empostada, e dois amigos a acompanhavam (um falava muito, o outro estava vestido como mímico e fazia os pedidos com gestos). Fazer as carteirinhas é um modo fácil de logo conhecer nome, sobrenome, origem e idade das pessoas que passam diante de você. Eles, alguns anos mais novos do que eu, me faziam recordar um certo jeito de usar o sarcasmo para se proteger. Falei mais com eles do que com os outros clientes e no dia seguinte procurei-os no Facebook, descobrindo que Rosita era uma espécie de nerd dos videogames e dos computadores, apaixonada por cosméticos, maquiagem profissional, shows de Angelo Branduardi e biologia marinha, e que o corpo com que a vi chegar ao clube não é o corpo que ela sempre teve.

Rosita diz os remédios me deixavam amorfa, e além do mais eu bebia muito. Naquela época, isto é, lá pelos treze, catorze anos, entre álcool e remédios ganhei de repente trinta quilos. Tentei me matricular na escola de esteticista, mas depois desisti. Num determinado momento, começaram a aparecer feridas nas pernas, ainda tenho manchas no pé que ficaram depois da remoção cirúrgica. Com vinte e um anos eu tinha cento e vinte quilos e entendi que precisava perder peso, pois as úlceras eram problemas de circulação.

Eu tentei sozinha, mas não conseguia perder mais do que cinco quilos. Eu era enorme, porém estava acostumada a ser gorda, fui forjada nisso e nunca tive problemas de autoestima. Fui ter quando perdi peso. Antes eu estava preparada e acostumada a um certo tipo de ofensa, o fato é que, quando muda o corpo, você não está acostumada às ofensas novas, que virão automaticamente, ainda mais se você estiver na internet e decidir ser uma espécie de personagem. Quando obesa, tirei e publiquei uma foto nua e daí consegui um monte de seguidores. Depois acabei apagando, mas talvez eu devesse publicá-la de novo. Muitos disseram que tanto a foto quanto o que eu havia escrito os ajudaram a enfrentar seus problemas.

Tudo isso para dizer que a internet é uma ferramenta e tudo, ou pelo menos muita coisa, depende de como você a usa. Eu adoro os computadores, dos três anos em diante sempre fui vidrada em computadores, quando você me dá uma placa-mãe na mão é como se me desse uma criança, só que eu odeio crianças, as placas-mãe não. Quando os amigos me pedem para montar os computadores deles eu corro feliz, e num determinado momento eu tinha até me matriculado no Instituto Técnico, mas também desisti disso, pois eu queria ser engenheira de sistemas e lá estavam me ensinando a ser programadora.

Mas você estava me perguntando do peso. Num certo momento conheci uma menina de Milão que tinha colocado o *bypass*. Então fui até um hospital especializado em cirurgia da obesidade indicado pelo meu médico. Deram-me três opções: a *sleeve*, aquela em que grampeiam o teu estômago, que agora não lembro como chama, e depois o balãozinho porque para o *bypass* eu precisaria pesar mais. Eu logo escolhi a *sleeve*, que na prática consiste na redução cirúrgica do volume do estômago. Demorou dois anos até que eu fosse chamada, eu continuava adiando. Daí me operaram para valer, e muitas pessoas ficam se cagando, mas sou da opinião de que, se você vai para a faca, fecha a boca e não enche o saco. Não é que eu não estivesse com medo, mas a certa altura eu tinha passado da autoestima da obesa para me imaginar como sempre me imaginei; quando estavam me aplicando a anestesia, pensei que se foda, melhor morta do que obesa. Eu sei que é um pensamento realmente baixo, mas pensei isso. Acordei com todos os tubos de drenagem grudados, o soro, o catéter, e no dia seguinte ainda me fizeram beber azul de metileno. Essa é a prova dos nove porque fazem de propósito para ver se você vomita, se você aguenta por meia hora está promovido, e eu fui promovida. Depois da tomografia com o contraste pude começar com a dieta semilíquida, logo me veio uma dor no ciático e por um mês não pude tomar remédios. Comia pouco por causa das dores e perdi peso mais rápido do que o previsto. Quando no formulário escreveram a paciente está seguindo discretamente a dieta eu fiquei puta da vida. Porque tudo que eu comia eu pesava até os gramas. Eu era perfeita, a paciente estava seguindo a dieta perfeitamente.

    Mas daí a questão era que não é que tinha acabado a *sleeve*. Precisei de mais de um ano para parar de me deslocar como se fosse enorme, recomendo a todos que tenham acompanhamento psicológico tanto antes quanto depois, pois uma das partes mais difíceis é a mental. O pessoal pensa que você emagrece e fica feliz, mas a verdade é que emagrece e fica paranoico, porque não entende mais quem é, não entende mais dentro de onde você está. Você fica achando que teu púbis está no chão, não se sente segura com a ideia de ter uma relação sexual, os peitos chegam até o umbigo, embora de todo jeito eles sempre tenham sido caídos. Enfim, há toda uma série de outras intervenções que precisam ser feitas antes de tudo se ajeitar.

A primeira e mais próxima devia ser a abdominoplastia, só que dessa vez para me chamarem demorou cinco anos. Quando me pularam pela terceira vez pensei que queria me matar, eu não tinha pensamentos suicidas fazia um tempão.

Então mudei de hospital graças à marcação de uma menina no Instagram. Nesse novo hospital me colocaram na lista para fazer os braços em um ano e o seio no ano seguinte; quando me fizeram os braços, arrumaram também os quadris, já que da cirurgia anterior sobraram os pneuzinhos.

Depois dos braços e dos seios, tem as coxas, que eu sei que é a parte mais dolorida, por um tempo você tem de mijar em pé como um cavalo. É também a parte que menos me incomoda, ainda que sejam bem lá embaixo. Enfim, eu sempre quis ter bunda, mas essa é uma cirurgia que não vão prescrever, vou pensar nela de forma independente mais adiante.

Daí agora encontrei um modo de controlar a situação de um ponto de vista mental. Nunca fui apaixonada pelo mar ou por caminhar no mar; a partir de um momento, porém, por algum motivo, me apaixonei por biologia marinha, em particular pelos cefalópodes. Sou louca por polvos. Tenho um na mão que foi tatuado pela minha amiga Namiko. Eu disse a ela que existem dias em que não gosto de mim e nesses dias olho para a minha mão e penso que ela é a única parte do meu corpo que eu não consigo odiar. Ainda que se tenha apenas um centímetro de si para querer bem, esse centímetro é importantíssimo porque, naquele dia em que as coisas não vão bem, é o centímetro que salva. Por isso decidi que Namiko é quem vai me fazer o braço inteiro com os meus animais marinhos preferidos, porque ela me deu uma coisa que é difícil de dar. Depois, espero morrer no mar, e penso que não posso, por exemplo, morrer até que veja o oceano e não posso morrer até que veja o maior aquário do mundo ou até que interaja com um polvo. Esses são outros pensamentos que me salvam.

Além da questão da mão, o meu rosto também nunca me incomodou, talvez só os dentes que são meio bosta. Mas eu gosto do meu rosto, geralmente gosto de maquiagem e do autocuidado; em uma pessoa eu quero ver amor-próprio, tenho dificuldade para tolerar o desleixo. Mas uma coisa mudou ao longo dos anos: antes, ver uma pessoa desleixada me tirava do sério; agora, ainda mais se alguém me confessa estar se sentindo um pouco largado, tento ajudar, aconselhar ou meter a mão na massa pessoalmente. Então eu pretendo me matricular outra vez em uma escola de esteticista e trabalhar com isso, até porque não é que te ensinam apenas a fazer uma ou outra depilação, no meio tem biologia e química, você precisa conhecer as lesões da pele, as manchas... Para não fugir do tema das coisas que você está escrevendo, uma época eu tinha pensado em fazer a escola de tanatopraxia, os cadáveres não me incomodam, mas era caro demais. Tenho uma relação peculiar com a morte, na família sempre houve gente com dons, minha avó, por exemplo, era chamada de Bruxa de Bissuola, mas eu, por sorte, não herdei esse negócio de ver os mortos. Então, voltando à maquiagem, acho que é preciso ter cuidado com o corpo das pessoas mesmo na morte, porque, se não fizer isso e elas estiverem ainda por aqui, sabem que você se esqueceu delas. Agora, se você faz o trabalho de prepará-las e num certo sentido de paparicá-las, é uma grande oportunidade, você tem essa chance de poder fazer alguma coisa.

De vez em quando, sabe, tenho um amigo que me faz visitar a rapaziada, ou seja, os mortos do necrotério, porque preciso me lembrar de que não estou morta e de que devo usar o meu tempo, mas também porque talvez alguém precise de companhia, e então acho que posso quem sabe levar um pouquinho de calma ou ao menos assim espero, me disseram que tenho uma aura muito bonita.

E aí, tá escrevendo?

Creme corporal que nutre e protege, creme hidratante facial para peles normais e mistas, tratamento concentrado reidratante antiestresse para o contorno dos olhos, creme hidratante e antioxidante para as mãos, creme antirressecamento para os pés, creme queratolítico contra o espessamento da camada córnea, esfoliante para tratamento de pelos encravados, gel de limpeza à base de flores raras (que depois se descobre serem rosa e jasmim), óleo bioespecializado para o cuidado com a pele em caso de estrias, cicatrizes, manchas, envelhecimento e desidratação. Em algum lugar uma manteiga de cacau, depois uma sombra preta, uma cinza, um lápis para olhos, um velho delineador, um rímel seco, um tipo de pó iluminador. Analisando a minha *beauty*, surgem dois elementos: o primeiro é que nunca aprendi a me maquiar de um jeito que eu não ficasse parecendo um panda melancólico, o segundo é que a certa altura a hidratação da pele acabou virando um pilar da minha rotina. É provável, penso, que tudo tenha começado no dia em que, nas copiadoras, pararam de me perguntar se eu tinha ou não desconto para estudante universitário.

Hoje, para não começar a escrever, fico contando e catalogando os cremes hidratantes, depois lendo seus ingredientes, propriedades, indicações, datas de validade, endereço dos fabricantes.

Fiquei sabendo que, desde quando inventaram os smartphones, ler a composição dos produtos para a casa e para o corpo durante uma sentada no banheiro é uma prática em desuso. É o que dizem, mas eu não levo o telefone para o banheiro, pois, se eu levo e os peregrinos globais me chamam, aí preciso responder e não vejo o sentido de me colocar nesse tipo de situação. Já mostrei antes que se eu não levo o telefone para o banheiro é melhor também em termos de preservação do próprio telefone. Tudo isso para dizer que eu ainda leio as descrições dos produtos, e, por causa dessa leitura acumulada, ao longo dos anos acho que notei que agora se usam muito mais adjetivos.

Por exemplo, os condicionadores de hoje são complicadíssimos e cheios de ingredientes exóticos, e, toda vez que encontro um perfume maravilhoso de argila extraordinária e oliveira mítica, me vem uma grande saudade dos tempos em que vigorava o poder hegemônico da amêndoa.

Eu realmente faria de tudo para não começar a escrever, começaria a dormir às três da tarde pensando nos coalas que dormem dezenove horas por dia, passam o resto das horas mastigando folhinhas, perfumam de eucalipto e ninguém os acusa de serem preguiçosos ou vagabundos ou pouco presentes na sua sociedade civil de coalas trepados em árvores. Quando digo que perfumam de eucalipto, estou falando sério, outro dia fiz uma pesquisa na internet porque Sacca insistia em dizer que eram animais muito bonitos, mas certeza que fediam terrivelmente. A internet, porém, me explicou que, graças à esfregação constante nas folhas de eucalipto, eles ficam com os pelos todos impregnados de óleo de eucalipto e isso os torna especialmente perfumados. Quando li esse negócio, quase comecei a chorar, porque era como a prova da existência de um universo muito melhor do que o nosso, onde se é livre para ficar e se é capaz de perfumar, e ainda pelo fato de que os coalas vêm de lá. Apenas por um acaso eles escorregaram para dentro de um orifício cósmico e rolaram para essas bandas, mas nem por isso mudaram os próprios hábitos.

No faria de tudo para não escrever não está incluído, porém, ir à academia. Já tem duas semanas que não vou, pois tive dor no pescoço, nos ombros e na coluna, devido ao fato de querer usar os pesinhos de quatro quilos no lugar dos de dois, ou seja, fui dar uma de boazona.

Em geral é isso que acontece quando tenho tempo para escrever. O restante eu passo me lamentando pelo fato de que não tenho tempo para escrever, ou que esse tempo é interrompido pelas emergências do trabalho sem horário fixo com os peregrinos globais. Tipo o hóspede indiano do quarto A que falou que o aquecimento está estragado e que isso é um problema porque a mulher já está bem doente e a situação tem caráter de extrema urgência. Depois de ter verificado que no quarto A o aquecedor está fervendo, assim como a pequena estufa elétrica adicional fornecida, e que isso cria no imóvel um microclima propício para a criação de papagaios, foi sugerido aos hóspedes usar um moletom ou pelo menos um pijama, em vez de zanzar pela casa de camiseta e calção. Esse momento, ou seja, a resolução do primeiro e na verdade inexistente problema, é também o momento do problema número dois, a saber, aquele do hóspede inglês do meu amigo pintor. O hóspede inglês do meu amigo pintor está enlouquecendo porque não tem uma tampa de ralo na pia da cozinha, o meu amigo está no trabalho, e ele não pode de jeito nenhum lavar os pratos sem a tampa do ralo da pia

Sexto

da cozinha porque isso causaria um excessivo desperdício de recursos hídricos. Nem preciso dizer que, para acabar com a sua avalanche de mensagens, eu vou correr para comprar tampas de ralos de várias medidas porque não me lembro qual é o tamanho certo e depois vou correndo deixar o hóspede inglês em condições de salvar o planeta Terra.

Outras possíveis razões para o não escrever podem ser encontradas em qualquer lugar, como a espiritualidade: elas estão dentro de você e em todos os lugares em volta de você.

Tipo a dona da casa, que deseja que eu compareça à reunião de condomínio em seu lugar, e, dada a iminência da renovação do contrato, largo tudo respondendo mais ou menos sim, ó, Rainha Mãe. Ou Sacca de mau humor porque perdeu sei lá o quê e passa qualquer tempo livre da semana revistando cada canto da superquitinete. Ou ainda Sacca de bom humor que vai para o quarto cantando Sacca-Sacca-Sacca-Sacca seguindo o ritmo da velha música-tema de *Zorro*.

Todos têm talentos particulares; ele, dentre vários, tem esse de começar a falar comigo no exato instante em que começo a escrever. Eu, de minha parte, tenho o de ficar irritada de um jeito euripidiano, por motivos inconsistentes, quando ele está tendo um dia lindo e produtivo.

Uma coisa que entendi com a convivência é que tenho muita maldade dentro de mim. Um tipo de maldade que apodrece e depois explode em um fumaceiro letal, principalmente quando estamos com ambos os quartos ocupados por aquele tipo de hóspede que fica muito em casa, dividindo-se entre cozinha e banheiro de modo que não haja nunca um canto livre para onde se possa fugir abraçando o computador e dizendo baixinho para ele que tudo vai ficar bem. É também um tipo de maldade que tende a evaporar se Sacca, nas suas andanças de um canto a outro da superquitinete, para por um segundo para fazer um carinho na minha franja ou para apontar para um dos meus pés e exclamar olha, um pé.

Agora é janeiro, mas na véspera de Natal aconteceu de eu ir ver minha mãe e o gato por alguns dias. Pensei: olha que bonito, tenho alguns dias para escrever sem peregrinos globais atrás dos quais tivesse de correr. Mas, assim que cheguei ao meu vilarejo natal, vi que tinha esquecido o carregador de bateria do computador em casa, isto é, a oitenta quilômetros dali, e que todas as lojas de eletrônicos do lugar estavam fechadas sem previsão de abertura. Isso, dizem, é o que se chama autossabotagem.

Da parte de minha mãe, tanto dentro quanto fora de casa, a densidade populacional dos que já morreram é maior do que a dos vivos. Estão em toda parte, inclusive em cima dos móveis e nas gavetas. Em particular, existe uma foto que sempre muda de lugar, aparece do nada e volta e meia me faz pular como um cabrito e eu não entendo por que ainda não a guardaram em uma caixa separada, com algo escrito em cima que deixasse claro o seu conteúdo. Agora vivemos uma época em que em termos de impacto visual já vimos, ou ao menos potencialmente temos acesso a ver, um pouco de tudo. Isso para dizer que a foto ali em cima quem sabe não seja tão impressionante: é a minha bisavó materna no caixão aberto, com minha mãe (cabelos ainda compridos, braços cruzados), que olha para ela com uma expressão adequada para a ocasião. Não tenho ideia de quem tenha tirado a foto, não sei por que alguém a teria tirado. A minha teoria, eventualmente aplicável a toda foto posada com um morto ou de um morto posando, é que isso é o que acontece quando você dá alguma coisa tecnológica que pareça parar o tempo

nas mãos de um humano desabando de dor, ou de medo, porque o tempo não para.
 E eu acho que desabam todos, mesmo os mais sóbrios, cada um a seu modo. Uma coisa que Teresa sempre me contava quando não se lembrava de já ter me contado seiscentas vezes, era de quando o vovô morreu. Não é o caso de imaginar Teresa como uma pessoa afetuosa ou espontânea ou passional ou corporal porque isso ela não era, e eu destaco isso porque, toda vez que ela contou o que eu vou contar, deu o que pensar. A coisa em questão é que, quando ela foi até a câmara funerária onde o vovô foi arrumado, ele estava tão bem arrumado que parecia dormir, ela então enfiou debaixo das suas costas as mãos e os braços com as palmas para cima, como a abraçá-lo, e ficou muito preocupada, dizia, pois o havia sentido quente. Então gritou logo para que o examinassem, mas nada, ele tinha ido mesmo, era sério. Quis dizer a ela que um dia, talvez também por causa desse seu relato, eu ficaria obcecada com a ideia de que os corpos devem ser cremados e o quanto antes. Nunca lhe diria isso, nem mesmo se eu soubesse que no dia da sua morte o frentista do vilarejo escreveria na placa luminosa do posto TCHAU, TERESA, e que eu pensaria que queria tirar uma foto da placa, mas graças aos céus eu não estava com máquina fotográfica e muito menos com um telefone avançado.

Boa noite, doutor

Quisesse eu escrever ou não, um dos pontos que tornou este livro inevitável foi também ficar na sala de espera com Tiziana, naquele dia que era sábado.
 Naquele dia que é sábado, o médico está atrasado porque hoje ele operou. Ele opera sempre, depois faz as visitas, às

nove da noite ainda passa pelos quartos falando com os operados do dia. Deve agora comunicar os resultados das ressecções endoscópicas transuretrais e análises contextuais sobre o que foi removido e/ou tratamentos subsequentes. Estamos todos aqui à espera no corredor fora do seu consultório e são quase todos homens porque os que tratam da bexiga são quase todos homens. A ironia sobre querer sempre ser original com Tiziana foi por água abaixo. Trata-se de um corredor que não pode ser menosprezado, pois é o corredor de quem, apesar da ausência de certezas, tem chances concretas de manter tanto a bexiga quanto de um modo geral a totalidade de si neste mundo. O médico sai do consultório para pegar papéis em outro consultório, se detém olhando para dentro de uma porta de vidro que dá para um terraço. Olha dentro dessa porta direto para o terraço e grita senhor Fulanosicrano, chega de fumar! Depois se volta para outro paciente, aponta para ele e diz o senhor tudo em ordem, fique tranquilo. Depois vai pegar os papéis, volta atrás, faz que vai entrar mas se vira, aponta para nós, aponta para a minha mãe e diz senhora, também a senhora tudo em ordem. O médico não tem medo de *spoiler*. Entra novamente no consultório e ninguém tem coragem de fazer nada além de olhar fixo para a porta. Eu penso no quanto para o médico o domingo deve ser um dia atroz.

Desde o primeiro diagnóstico, a respectiva intervenção e as terapias contextuais, passou cerca de um ano, quando sairmos eu vou beber um spritz e Tiziana vai fumar aquele que será o último cigarro como fumante, os outros serão coisas do tipo o cigarro de aniversário pedido a alguém. Não a verei mais comprar maços. Não a verei mais nem beber café pela manhã, essa última decisão nem tem correlação, mas cada um faz as suas pequenas promessas. No final deste ano eu disse para a minha psicóloga que sinto sobre minhas costas alguma forma de culpa porque no final deste ano há um grande não dito, uma ausência inexplicável. A psicóloga diz que tenho um tipo de sentimento de culpa que é basicamente superstição medieval.

Simona Pedicini
(Simona D'Avila)

Tratamentos para a preservação do cadáver
Art. 46
1. Os tratamentos para obtenção do embalsamamento do cadáver devem ser realizados, sob supervisão do coordenador sanitário da unidade de saúde local, por médicos legalmente habilitados ao exercício profissional e só podem ser iniciados após decorrido o período de observação.

«Regulamento de polícia mortuária», *Diário Oficial*

Lua

Quando nos levantamos para pagar, a dona, ou seja, a dona Maria, que tem a mesma idade do mundo, sossegou depois do grande trabalho do almoço e puxou uma cadeira. Ela nos pergunta mas vocês são professoras?, porque estava ouvindo vocês antes e vi que tinham um jeito de falar que parecia de professora. Explicamos que estávamos falando de um livro em processo de escrita, e ela nos diz minha neta sempre diz vovó, com a vida que você teve, deveria escrever um livro, e eu digo à minha neta sim, já tenho até o título. E nós não diga, sério, e qual é o título?

A minha lua distante. Pois, quando aos nove anos me mandaram trabalhar em Roma, eu tinha um quartinho minúsculo, em cujo interior havia apenas a cama e um armário, mas para abrir o armário você precisava erguer a cama. E havia uma janelinha muito pequena de onde se podia ver a lua, mas eu olhava para ela e dizia você é a lua romana, não é a lua que olha para a minha mãe, para chegar lá leva sete horas.

Ausência

Simona Pedicini é tanatoesteta, pesquisadora em história da tanatologia, agente funerária. Uma coisa que me pergunto, e que lhe pergunto, sentadas à mesa de um bar a poucos metros da estação de trem, é o que veio primeiro.

Ela diz antes da tanatologia houve os estudos teológicos sobre o Sudário, que realizo ainda hoje. É um mistério grande o que há nos estudos sobre o Sudário, e é um mistério grande o que depois encontrei nas câmaras e no contato com os cadáveres. Não está no além o mistério, está naquela câmara, está naquele cadáver, está no que acontece ali, a entrada em uma dimensão completamente outra.

Com os estudos sobre o Sudário, comecei então os estudos médico-científicos sobre um corpo inexistente, sobre um conceito de ausência do corpo, por causa da vontade de entender o que era aquele corpo e que sentido havia naquela ausência. Pois foi isso que procurei também nos manuscritos dos estudos de tanatologia e na profissão de tanatoesteta.

Ainda hoje me pergunto que forma tem a morte. À forma da vida estamos de alguma maneira acostumados, à forma da morte, menos. Pergunto-me que espaço pode haver, que tempos pode haver, como pode o tempo fluir de modo diferente em uma dimensão que é completamente outra.

Eu não tenho fé, acredito naquilo que Enzo Bianchi chama de interioridade. E a interioridade talvez procure uma espiritualidade diferente. Não creio nos dogmas cristãos, mas no dogma do Cristo homem e deus, morto na Cruz, talvez eu quisesse acreditar. Para além do interesse histórico, literário e teológico, não é fácil aceitar a ideia de que haja situações em que não se possa chegar à verdade. Pensar que tenha existido uma figura que teve dentro de si a consciência de ser humana e divina, e que essa parte humana tenha sofrido tanto a ponto de precisar pedir ajuda ao pai antes da paixão, é uma imagem de dor enorme. Aprofundar a consciência sobre isso significa, portanto, exercitar a vontade de entrar em uma dimensão outra e sem limites. Esse medo de ir embora, de deixar aquilo que humanamente se possui, esse permanecer agarrado à sua cruz, não é tão diferente da profissão que exerço.

Ainda mais parecido é o tratamento do corpo do Cristo, envolto no pano, submetido à limpeza e ao embalsamamento. Práticas não por acaso realizadas por mulheres.

Passar da teoria à prática, isto é, à câmara de autópsia foi um dos percursos mais difíceis que eu já fiz, diz Simona. Eu queria entender, conseguir ver o que era a morte. Eu a tinha visto nos textos de teologia e em manuscritos, conseguir vê-la também no cotidiano era uma necessidade, mas não só isso.

Cada um de nós carrega um passado nas costas, que é um passado de perda. Eu tive essa perda, e se trata da única pessoa para a qual não consigo usar a palavra morte, para a qual uso o termo (erradíssimo para uma tanatoesteta) sono, sono profundo. No dia em que vivi essa perda, eu queria fazer algo que não consegui fazer porque talvez não tivesse a capacidade emocional, nem mesmo os instrumentos. Deixei uma parte importante de mim naquela sala, que se fechou e ficou perdida por muito tempo. A primeira vez que entrei na câmara de autópsia foi o início também de um percurso pessoal de reapropriação daquilo que eu havia pensado ter perdido, e que aos poucos retomei, até ter ficado outra vez em paz comigo mesma. Agora eu faço aquilo que queria ter feito antes.

Na prática, especializei-me em Modena, na Terracielo Funeral Home. Na Itália é uma raridade em termos de preparação e eficiência, e é a única que permite trabalhar logo com o cadáver sem passar pela fase do manequim. Ou seja, se existe um cadáver à disposição meia hora depois de ter iniciado, você pode imediatamente começar a praticar.

Pergunto você viu alguém fugir?

Ela diz quase todos. Os cursos duram uma semana, noventa e nove por cento das pessoas que se inscrevem são encaminhadas pelas agências funerárias, mesmo que sejam muito jovens e estejam nessa área desde sempre. No entanto, havia os que seguiam bem e com grande interesse o curso nas aulas teóricas, mas começavam a patinar nas aulas práticas.

A tanatoestética, na verdade, não é apenas cosmética, maquiagem. É um conjunto de práticas que permitem o cuidado estético do cadáver, desenvolvidas por pessoal especializado segundo determinados critérios. Vão da desinfecção do corpo até sua lavagem, da sutura dos orifícios internos e externos às técnicas de vestimenta. A maquiagem de um cadáver é a restituição da vida, é o que permite remover as marcas ruins da morte. Por fim, depois vem a técnica de disposição no caixão.

Digo Simona, eu vejo muitas séries de TV, e, de uns poucos anos para cá, desde a precursora *Six Feet Under* até as recentes *The Haunting of Hill House* e *Sabrina*, está muito em voga a história de famílias que administram *funeral houses*. Agora, eu sempre ouço esses personagens falarem de *embalming* – uma espécie de embalsamamento –, vejo-os sempre com as mãos dentro dos corpos, e daí me pergunto é normal?, é isso também o que vocês fazem?

Simona diz até aqui falamos de tanatoestética, isto é, daquilo que está previsto e é permitido na Itália. A tanatopraxia é ilegal, em Modena eles ensinam os princípios, que poderão ser úteis, em tese, para quando a legislação avançar.

A tanatopraxia, anatomicamente falando, comporta uma abertura mínima (portanto não, não como nas séries de TV). É um processo de injeção de um líquido conservante que bloqueia os processos de decomposição e permite a exposição com o caixão aberto por um período de trinta a sessenta dias.

Na Itália, o que por ora a legislação permite é apenas a punção conservadora, a injeção de uma quantidade mínima de formalina, necessária para questões higiênico-sanitárias em casos particulares, como aqueles de corpos que precisam ser transportados de avião.

Em vez de tanatopraxia, podemos falar de um embalsamamento temporário. Para quem sofre, compartilhar o dia a dia em uma condição emocional como a do luto, em que o tempo se dilata de um modo diferente, e ter uma presença assim longa do defunto em casa, pode ser importante. Acima de tudo, é importante ter a presença do falecido sem os sinais de decomposição, imutável naqueles segundos de eternidade. Esse processo é o que talvez mais me interessa, talvez até mais do que a tanatoestética, e é um dos motivos pelos quais eu me aproximei desta profissão. Trata-se da absurda presunção de congelar o instante, de subtrair ao transcorrer do tempo quem para mim ainda é, mesmo que de forma diferente de como somos nós, e depois deixá-lo ir, pois é justo que cada um siga a própria estrada.

Sexto

O trabalho

Trabalho como profissional autônoma e sempre em domicílio, portanto, em um mercado de nicho. A manipulação do cadáver em casa, que em dada época era a norma, hoje, ao contrário, é uma situação particular e pouco difundida. Não é simples de realizar, a partir do momento em que a tanatoesteta que trabalha de forma autônoma, e não dentro de uma agência funerária, não é uma figura profissional reconhecida. Não há, para ficar claro, um registro de referência.

Em geral, para um bom serviço tanatoestético, que comporte desinfecção, lavagem, maquiagem, vestimenta, transposição para o caixão de um cadáver que não apresente maiores complicações, o tempo mínimo é de quarenta a quarenta e cinco minutos.

Nos casos mais complexos, como acidentes e doenças deformantes, entra-se no terreno da tanatoplástica, entre as técnicas mais complexas. São usados cremes modeladores com o mesmo efeito da massa de biscuit, que ganham uma consistência e uma dureza tal que permanecem no rosto a ponto de poderem ser maquiados em seguida. Também a maquiagem não é simples se comparada àquela a que estamos acostumados em vida, feita na posição sentada ou de pé, em condições favoráveis de luz. A pele do cadáver é como se fosse uma parede, não absorve. Por isso os produtos são específicos, há quem use os do teatro, mas são excessivamente gordurosos e oleosos, tendem a escorrer.

E depois eu, pessoalmente, tenho uma obsessão maníaca pelo cuidado, pela posição e pelo arranjo de objetos nas mãos. A maioria dos entes queridos deixa um rosário, mas uma vez peguei um homem com um terno preto e uma rosa vermelha nas mãos de uma beleza extraordinária. O meu estojo de manicure é perfeito e tem todas as opções de esmaltes de cores diversas (você sempre usou fúcsia, preto, azul, marrom? Eu tenho). Até pelo perfume eu tenho uma obsessão. Terminado o tratamento, pergunto sempre se a pessoa tinha um perfume específico, em todo o caso tenho o meu na bolsa, um para homem, um para mulher, e um do meu gosto particular.

O *rigor mortis* é o único dos fenômenos pós-morte que tem uma tendência oscilante: tem um pico, depois tende a diminuir até desaparecer por completo. O estado de flacidez corpórea ocorre já no caixão fechado, portanto quando já não é visível. O momento em que o tanatoesteta manipula o corpo, que acontece logo após a chegada do médico-legista, é o auge do *rigor mortis*, ou seja, quando parece impossível despir e vestir. Existem, porém, técnicas, massagens, manipulações do corpo em pontos específicos. Eles permitem o relaxamento do cadáver e possibilitam despi-lo, desinfetá-lo e vesti-lo novamente. Vestir em casa é certamente mais complicado do que em uma câmara de autópsia. Os familiares quase sempre querem estar presentes no procedimento, a não ser que sejam agentes funerários, que já estão mais acostumados.

Corpos

Manipular os corpos em casa é então mais complicado pelo tipo de espaço à disposição, mas também porque em domicílio entra-se em contato com a dor, que é uma dor profunda. Nas funerárias, a figura do tanatoesteta não tem nenhum tipo de contato com a família, trabalha nos bastidores e nos bastidores recebe o cadáver, junto com tudo o que a família quer que seja colocado no caixão. As fotos são importantes, sobretudo no caso de mortos vindos de internações longas. Acontece quase sempre de manipular corpos de idosos, apenas uma vez aconteceu de trabalhar com o de uma criança. Eu tenho uma relação olfativa com a vida, é o meu órgão mais potente, com ele reconheço e recordo tudo, os espaços, os objetos e principalmente as pessoas. Após um minuto de contato eu saberia reconhecer qualquer um, depois de anos e entre milhões de pessoas, pelo cheiro. Também com a morte tenho o mesmo tipo de contato, o que me causa forte impressão não é a visão nem o tato: é o olfato. Nunca tive dificuldades práticas em tocar um cadáver, mas sempre muito medo, um medo enorme, que é para mim também a medida do amor que tenho pelo que faço.

A criança de que eu precisei me ocupar tinha morrido após uma sessão de quimioterapia e na casa havia uma sensação de sofrimento e um cheiro de morte e de remédio fortíssimo. A mãe tinha uma expressão de dor entorpecida, naquele momento era a forma da loucura. Ela não tinha forças para se aproximar do filho desde quando o haviam levado do hospital para casa.

No momento em que precisei tirar dele algumas agulhas, o que eu me dizia, ou melhor, não dizia a mim, dizia a quem ainda estava lá, era que eu esperava que ele não sentisse dor. É esse o tipo de medo que sinto.

Pouco a pouco você entra em uma outra dimensão, que é uma dimensão em que a morte já não existe: existe aquilo que vem depois do fim, e é um depois em que eu os acompanho, até certo ponto. De vez em quando me é difícil voltar, mas eu volto.

Para as famílias, essa forma de ajuda e de cuidado com a sua perda é importante. Eu vi isso também com essa mulher, que quis estar presente durante a preparação. Eu preferia que ela não estivesse, mas para ela era importante. Pela primeira vez levei três horas, eu vestia o filho e depois precisava despi--lo porque para ela aquela roupa não estava boa. Escolhemos juntas o que vestir nele e naquele tempo criou-se uma relação muito forte. No momento em que esse menino precisou ser colocado no caixão, antes que isso acontecesse, foi a primeira vez que ela o abraçou, e foi uma coisa importante.

Dissecadas

Faz cerca de quatro a cinco anos que exerço essa profissão. O que eu manipulo nunca é apenas uma história: é uma história que eu toco, por isso no futuro queria me especializar em corpos cuja beleza foi arrancada pela morte e que não são tocados com a poesia devida, são vulneráveis, pessoas que não têm recursos, muitas vezes corpos de mulheres. Ainda não existe a cultura da escolha no final da vida, e falar de corpo feminino, hoje, não significa obrigatoriamente falar de um corpo com um útero.

Já me aconteceu de manipular o corpo de uma transexual. Pelo seu desejo, queria ser colocada no caixão vestida de mulher. Havia deixado uma folha escrita a caneta dentro do vestido com que gostaria de ser levada, mas a família decidiu vesti-lo como havia nascido. A única coisa em que insisti até o fim foi para que houvesse pelo menos uma parte dela, e consegui as unhas coloridas. Portanto, havia essa pessoa de terno e gravata, aliás um terno horrível, com as unhas deslumbrantes pintadas de rosa, de fúcsia, de azul.

Apesar das dificuldades, desejo com todo o meu ser continuar; não creio que haja profissão mais bonita do que essa, naquilo que faço há uma poesia indescritível e eu sou feliz, profundamente em paz comigo mesma.

Eu digo Simona, mas você também está trabalhando com pesquisas sobre a história da tanatologia na dissecação do corpo das santas... Ela diz durante o estudo do Sudário eu li o texto de um anatomopatologista. Havia essa nota em que se falava de dissecação dos corpos, ele confrontava especificamente as contradições que o coração do Cristo tinha vivido durante a agonia e depois na crucificação. Nessa longuíssima nota ele explicava que para investigar melhor podiam ser lidos os textos que trazem exemplos de dissecação, de autópsia e estudo do coração de algumas santas. Com essa passagem, ou seja, o estudo do coração de mulheres, um mundo se abriu para mim, que pesquisei até escrever o artigo «*Col cuore impresso: una storia della chirurgia sacra*» [Com o coração impresso: uma história da cirurgia sagrada], publicado na revista *Studi tanatologici* [Estudos tanatológicos]. O artigo trata sobretudo da figura de Veronica Giuliani, canonizada pela Igreja e objeto de devoção ainda em vida. Ela viveu entre duas eras (final do século XVII e início do XVIII), época em que o conceito de corpo muda radicalmente. Da investigação humoral de origem galênica passa-se à ideia barroca de corpo-máquina constituído de engrenagens internas, o que implica dever ser aberto e examinado.

O que acontece nesse momento é que existem corpos diferentes do ponto de vista da identidade de gênero, mas também do ponto de vista teológico. A pesquisa, portanto, se duplica: existe a dissecação secular operada nos teatros anatômicos com fins médico-legais (praticada por exemplo em caso de mortes suspeitas e de epidemias), e existe aquela santa, que se ocupa exclusivamente de abrir corpos de santos, mártires e místicos. Quem abre esses corpos são figuras enviadas pela Santa Inquisição. A Igreja faz política de identidade de gênero desde tempos imemoriais, desde quando não sabíamos sequer que isso existia. Também nesse caso faz uma diferenciação entre o corpo de um santo e o de uma santa, e é evidente que os objetivos com que essas práticas dissecativas se realizam são completamente diferentes.

Os objetivos sobre um corpo santo dizem respeito à vontade de verificar quais são os sinais que deus deixa na carne. Esses sinais são aqueles sobre os quais se fundam os processos de canonização.

A santa produz no coração os sinais da divindade em forma de símbolos, e é esse órgão que é analisado. Enquanto na mulher leiga em geral é estudado e dissecado o útero, na santa apenas considerar esse órgão já é admissão de uma volúpia demoníaca.

Quando o corpo é de uma mulher, portanto, considera-se estar tratando dos restos mortais de um ser que por sua natureza se presta à adoração do demônio. Assim a sua abertura permite entender se aqueles sinais são de origem divina ou diabólica.

Essa é uma das formas como a Igreja mantém o feminino sob controle na época da Contrarreforma, chegando a fazê-lo não apenas em vida, mas também na morte. Além disso, considera-se que o corpo feminino seja gerador e reprodutor, não podendo ser outra coisa, então a proximidade de deus não é apenas superficial (como no caso dos estigmas), mas é a proximidade de um corpo penetrado.

Simona diz que também existiram, de fato, dissecações de corpos então considerados infames, marcados pelo diabólico, e são justamente esses corpos o assunto do livro que está escrevendo.

Agora

Nós vamos nos levantar e dona Maria, sentada na cadeira, vai nos contar sua história. Havíamos sentado apenas para um café, algo em torno de quatro horas atrás que parecem quatro dias atrás. Só que eram dez da manhã e eu mal havia chegado à estação de Firenze Santa Maria Novella. Simona me esperava em frente à farmácia da estação e caminhamos procurando o primeiro lugar protegido de tudo. No bar as luzes estavam todas apagadas e dona Maria se movia lentamente indo e vindo, balançando a rangente portinhola vaivém do balcão. Simona, para começo de conversa, me explicou que, por uma deformação profissional, quando olha as pessoas, todas as pessoas, pensa em como elas ficariam dentro do caixão. Olhando para mim, especifica: quando digo todas eu quero dizer todas. Seguro minha vaidade e evito perguntar a ela e então, eu como ficaria? A portinhola range, uma reprodução feia do rosto de Lorenzo de Medici nos observa de cima da mesa, no meu guardanapo de papel há a imagem de duas crianças que se olham dentro das roupas íntimas e comentam que existem diferenças; dali não saímos mais.

Sétimo

Quando fica claro que
não devemos nos preocupar
porque tudo dará errado

(pensamentos e ações número sete)

Agora está liberado agradecer publicamente os próprios terapeutas

1. A presente lei, em conformidade com os princípios enunciados nos artigos 2, 13 e 32 da Constituição e nos artigos 1, 2 e 3 da Carta dos Direitos Fundamentais da União Europeia, protege o direito à vida, à saúde, à dignidade e à autodeterminação da pessoa e estabelece que nenhum tratamento de saúde pode ser iniciado ou continuado sem o consentimento livre e esclarecido do interessado, exceto nos casos expressamente previstos em lei.

«Normas sobre consentimento informado e disposições sobre tratamento precoce», Lei n. 219 de 22 de dezembro de 2017, *Diário Oficial*

Um dia entre os dias em que eu estava procurando tropeçar em alguma ideia, caí na página da pós-graduação em *Death Studies*. A pós-graduação em *Death Studies*, para a minha grande surpresa, acontece a vinte e nove minutos de trem *regionale veloce* da minha casa, isto é, na Universidade de Pádua, e existe desde 2008. Criado e coordenado pela professora Ines Testoni, propõe-se a «desenvolver a capacidade de confrontar temas relativos à morte em todos os seus aspectos». O seu objetivo fundamental «é o de oferecer os referenciais teóricos para alcançar as dimensões relativas a:

Sétimo 173

evolução cultural e histórica do conceito de morte; luto e processos psicológicos da perda e sua elaboração; *death education* como estratégia educativa de prevenção [...]».

Não entrei em contato imediatamente com a professora Testoni por uma questão de temer ser recusada, de quem você acha que é, de sei lá que coisa. Para explicar melhor esse negócio de procrastinação e de, num certo sentido, colocar-se à margem, vou contar agora uma série de coisas que não têm nada a ver, mas que dando uma boa forçada acabam tendo.

A primeira coisa que não tem a ver é que algum tempo atrás, ali perto do Pleistoceno, algumas vezes aconteceu de pessoas que eu conhecia dizerem que gostavam de mim porque eu era frágil.

A segunda coisa que não tem a ver é que, ao escrever este último capítulo, num determinado momento descobri que a única maneira de sair das profundezas a que ele havia me levado (eu chamo isso de descer até o porão) era assistir a muitos episódios de *Queer Eye* um atrás do outro.

Queer Eye é um programa padrão, um reality, em que cinco caras com talentos em diversas áreas (estética, design, cozinha, moda, cultura) saem para ajudar pessoas que, pelos mais variados motivos, estão largadas na vida e não sabem por onde começar a colocar em ordem as várias prateleiras da existência.

A certa altura, um desses caras (para ser precisa, Tan, especialista de moda) diz *women of the world, who are not style aware: if you see a pair of Capri pants, run*.

Então, coloquemos desta forma: meninas, meninos, criaturas, se vocês encontrarem alguém que diz que gosta de vocês porque vocês são frágeis, fujam como se estivessem diante de alguém com calça capri (já que estão aí, fujam também se alguém disser adoro as suas fraquezas).

Voltando à escrita, à procrastinação, ao colocar-se à margem, eu contei tudo isso só para dizer uma outra coisa ainda (além de arrumar uma desculpa para citar a existência de Tan France e *Queer Eye*), isto é, que ao longo dos anos descobri que não era nem fraca nem particularmente frágil. Porém tenho um sistema de bloqueio ligado ao medo de que a escrita, assim como qualquer outra forma de expressão criativa, tenha um poder de projeção desprovido de utilidade prática. Ou seja, a escrita, junto com qualquer outra forma de expressão criativa, unindo lógica e abstração, pode nos ajudar a ver o que acontecerá um passo adiante na linha temporal assim como nós a percebemos, mas não pode nos ajudar a mudar o inevitável. Isso me deprime, e desencoraja, mas ainda assim é muito melhor do que quando eu tinha medo de que fosse a escrita em si que fizesse as coisas acontecerem, ainda mais as terríveis.

E são também esses, portanto, os motivos pelos quais eu não conseguia me convencer de que recomeçar a escrever fosse uma boa ideia. Por alguma razão, em um momento de descanso da agitação, o não escrever virou na minha cabeça uma não ação ritual, pensada para manter tudo parado em equilíbrio. Quando depois descobri que tudo não permanece parado em equilíbrio nem mesmo se você se fechar em um bunker antiatômico, achei que havia chegado o momento de recomeçar a colocar as coisas preto no branco. Achei que havia chegado também um momento de ligar para a clínica particular, onde uso o serviço de ginecologia e dermatologia, a fim de marcar minha primeira consulta psicológica.

Na época, minha amiga Cherry Gwen havia me falado dessa clínica. Gwen é dançarina de cabaré e trabalha em uma loja de magia, e pensei que, depois deste livro, se alguém quisesse me encomendar um artigo pago sobre ela, eu acho que sairia algo simpático e com um certo impacto visual, já que Gwen no momento está com o cabelo fúcsia.

Quando fui à psicóloga para o primeiro encontro, havia sobre a mesinha uma caixa de lenços de papel; ela estava lá também no segundo encontro, depois sumiu. O que é interessante é que realmente nas primeiras duas vezes ela me foi útil e na terceira não foi mais, ou quase não foi mais. Eu gostei muito do fato de que certos tipos de reação, pensamento, emoção, até mesmo os tempos de elaboração, apesar da sua singularidade, tenham características recorrentes, remetam a um manual do humano, ao fato de não ser uma exceção. A ideia de cem mil novos pacientes que sentam o rabo na poltrona e diante da pergunta o que está acontecendo respondem não aguento mais e se agarram nos lencinhos de papel. A mesma resposta saindo de cem mil bocas: não ficar só.

Quando num determinado momento, vários meses depois do início do percurso, falei para a psicóloga deste projeto editorial, ela me olhou e disse eu realmente acho que você devia entrar em contato com a doutora Ines Testoni.

Ines Testoni
(Death Studies & the end of life for the intervention of support and the accompanying)

3. Para os efeitos a que se referem os parágrafos 1º e 2º, as agências sanitárias que prestam cuidados paliativos e terapia da dor asseguram um programa de cuidado individual ao doente e à sua família, respeitando os seguintes princípios fundamentais:
a) salvaguarda da dignidade e da autonomia dos doentes, sem discriminação;
b) salvaguarda e promoção da qualidade de vida até o seu termo;
c) suporte de saúde adequado e apoio socioassistencial para o doente e para a família.

«Disposições para garantir o acesso aos cuidados paliativos e à terapia da dor», Lei n 38 de 15 de março de 2010, *Diário Oficial*

Por mais que me custe aceitar que tinham se passado nove anos, chegou o momento de admitir que tinham se passado nove anos. Em abril de 2010 houve um momento em que eu estava viajando sozinha para Moscou (e, antes de continuar contando, dou uma parada para esclarecer que viajar sozinha é, na minha opinião, uma das melhores coisas da vida que pode fazer uma pessoa em geral e uma mulher em particular). Em 2010, portanto, eu estava em Moscou empenhada em criar, ao longo de uma semana curta, aquele tipo de situação impossível de inscrever no amplo espectro que vai do visitar muitos museus até o enfiar-se no meio de uma briga de bêbados e depois dormir no patamar de uma escadaria. O meu sistema de pernoite, organizado para proteger as finanças, seguia o seguinte esquema: as duas primeiras noites eu passaria em um albergue econômico sem palavras para descrever, as cinco seguintes fazendo *couchsurfing* – ou seja, dormindo em um colchão no chão com três simpaticíssimos coetâneos semidesconhecidos –, a última no patamar da escadaria (mas isso não estava programado, é que um dos simpaticíssimos havia se trancado a sete chaves em casa deixando a chave na fechadura e nós, remanescentes da noite, ficamos a segredar com os ladrilhos; não, não tinha feito por querer, tinha se envolvido num esquema amoroso aí e sabemos como essas coisas confundem a química do cérebro mais até do que uma vodca suave).

O fato é que eu não queria falar de patamares de escadaria, mas sim do albergue econômico sem palavras para descrever. O segredo desse albergue que chamaremos de *Natalia's flat*, ou seja, usando um nome inventado a fim de respeitar a privacidade da senhora, é que não era exatamente um albergue, era a própria casa de Natalia.

Na prática, dona Natalia vivia com o marido, e com vários gatos de pelo longo, naquilo que tinha todo o jeito de ser uma ex-*kommunalka* no centro de Moscou.

Um corredor minúsculo dava acesso ao banheiro comum com aquecimento a gás (há quanto tempo não via aquela chama azulada agitando-se ameaçadora?), à cozinha comum, ao quarto duplo e ao quarto que por sua vez eu havia escolhido: o dormitório coletivo. O dormitório tinha seis lugares graças também à presença de um treliche. A inestimável sorte daqueles dias, além de ter sobrevivido à briga entre os

bêbados, foi ter reservado o dormitório nas noites em que ele estava completamente vazio (exceção feita aos gatos).
Restava, intocado, apenas um quarto no fundo do corredor minúsculo. Aquele era o quarto do casal, a salinha com televisão, a área de descompressão livre de peregrinos globais, de Natália e de seu marido. Pragmáticos, dedicadíssimos, figurando até nas páginas da *Lonely Planet* (foi lá que eu os encontrei), os dois senhores eram tanto os vestígios desbotados de um império em ruínas quanto o espelho do mundo que estava por vir em pouquíssimo tempo.

Eu olhava para os dois *host ante litteram*, ignorando completamente o fato de estar olhando para uma superquitinete, e pensava que legal, pensava que lindo, depois pensava mas como conseguem?

Como conseguem? Como conseguimos? Eu ainda não entendi isso, mas ainda penso a respeito agora que habito o futuro e espero, fora da estação de trem, a chegada da minha próxima interlocutora.

Ines Testoni me encontra em Veneza, diz nos vemos nas escadas, eu estarei com uma máquina fotográfica e os cabelos vermelho-fogo, se por você tudo bem eu queria te levar, conversando e caminhando, aos lugares onde estudei com Emanuele Severino.

Quando eu a distingo, ela de fato está nas escadas, com a máquina fotográfica no pescoço, os cabelos vermelho-fogo, grandes óculos de sol. Caminhamos conversando sobre o projeto, falando de outros assuntos, conto sobre os peregrinos globais e sobre a escrita. Ela diz que é maravilhoso, não acha nada estranho, não vê incongruências, não tem dúvidas sobre a validade dos meus dois papéis profissionais, diz que sempre trabalhou estudando, e fala da primeira paciente com quem teve uma relação muito próxima e duradoura, uma menina que depois se tornou uma jovem e uma mulher.

Quando fala sobre o passado, mergulha nele e começa a contá-lo conjugando-o no presente. Diz vou à escola, faço especialização em Brescia, e ao mesmo tempo trabalho como assistente em um hospital psiquiátrico. É então que encontro esta figura, esta menininha tão problemática que acompanho por tantos anos. Tão problemática que, assim como outras figuras encontradas posteriormente, tem como horizonte o desejo de matar e se suicidar. Vejo então a morte como algo muito ligado à loucura, e me pergunto o que significa loucura? Por que a morte?

Em determinado momento, continua, percebo que um jeito de entrar em contato com essa paciente é o rito sagrado, dimensão que me é íntima porque a minha infância, de modo totalmente espontâneo, foi caracterizada por uma fé muito forte, até mesmo pelo pensamento, que foi mudando enquanto eu crescia, de ter recebido o chamado e de querer fazer os votos.

Em resumo, percebo que um jeito eficaz de estabelecer um contato é o rito sagrado; às vezes, porém, entrar em uma igreja evocava nela coisas que a fisgavam sabe-se lá por quê; portanto, podia acontecer de ela começar a gritar ou a falar consigo mesma, porque entrava em contato com suas próprias dimensões profundas. Não necessariamente berrava e praguejava contra deus e os santos, mas invocava-os em voz alta, o que fazia com que frequentemente isso fosse interpretado como possessão demoníaca e nos mandavam para fora das igrejas.

Ah, eu dava muitas risadas, às vezes ficava também um pouco desesperada porque não sabia mais como controlar nem ela nem a situação.

Por que começo do fim

Entretanto, paralelamente, surgia a descoberta da perseguição religiosa em nome de deus e em particular em nome de Cristo, que era minha referência de valores: uma ideia para mim inconcebível. Acontece então que primeiro eu estudo, me formo em psicologia, no começo viro especialista em ensino de pessoas com deficiência, depois trabalho, leciono, estudo, trabalho, ainda tenho essa pessoa porque sou a única que consegue ter uma relação não destrutiva com ela. Nos cursos de psicologia está acontecendo que o discurso sobre a morte e o morrer tem sido introduzido por mim. Não existia nada disso tudo, quase nem mesmo de suicídio, porque é estudado em psiquiatria, o que significa ser formado em medicina. Então eu digo: mas aqui ninguém reflete sobre a morte e sobre a relação morte-loucura, o que está acontecendo, o que eu faço? Digo: preciso fazer filosofia.

Vamos voltar um pouco, antes das especializações, antes da formatura e do curso. Voltando a Brescia, ela conta, bem enquanto eu trabalhava no hospital psiquiátrico, aparece um professor, isto é, o professor Italo Sciuto, que em certo momento fala de Emanuele Severino e aponta para o conceito de vir a ser. Italo Sciuto então pergunta: o que nós achamos que significa morrer?

Anos depois, pensando outra vez naquele episódio, disse a mim mesma mas será possível que ninguém, durante esses anos de estudo, nunca mais tenha retomado algo que eu naquele momento tinha certeza de que entenderia porque me parecia o início de um percurso de competência que eu teria naturalmente adquirido? Ninguém mais me falou disso. Não fiz mais provas sobre o assunto, nem participei de cursos, e sou psicóloga, psicoterapeuta.

Então decido me matricular no curso de filosofia em Veneza porque Severino estava em Veneza, passo num concurso de professora-assistente e começo a frequentar.

Emanuele Severino é o filósofo da eternidade, aquele que diz que o homem sofre por aquilo que acredita ser. Se acredita ser mortal, o sofrimento, além de inevitável e necessário, é atroz e não pode ter cura. E eu enquanto aprendo penso «se acredita ser mortal», e não «já que é mortal»: o que quer dizer acreditar ser mortal? É preciso que eu entenda isso.

A questão de Severino é a questão da inescapável eternidade do ser, que diz respeito a todos, até à menor partícula subatômica. Tudo aquilo que nos parece ter fim é em sua eternidade algo que aparece em outro lugar. E então aí, para o conceito de morte, abrem-se de repente novos cenários.

Eu tentava entender a estrutura lógica, já que não estamos falando de uma fé nem de uma religião. Vejo inclusive o mundo católico muito agressivo tanto contra Severino quanto contra os seus alunos; a cultura italiana ainda é tacanha e persecutória, não existem mais as fogueiras, mas arranjam-se outras de natureza diversa.

Entretanto, Thomas Sören Hoffmann, especialista alemão em filosofia italiana, aponta para uma continuidade entre Giordano Bruno e Emanuele Severino. Começo a estudar alguns pontos da biografia de Giordano Bruno, tentando reconhecer como no autêntico pensamento italiano, não aquele católico obtuso que queima em nome de Jesus Cristo, existe um modo de raciocinar que é imanentista, que diz que o divino não está fora do mundo, mas se manifesta no mundo.

Emanuele Severino desenvolve esse pensamento, e em tal cenário ele resolve a perspectiva imanentista do ser eterno que somos nós, e que esquecemos, pois vivemos na terra isolada, vivemos no erro, esquecemo-nos de ser deuses. Eis o ponto, isso foi de algum modo intuído por Giordano Bruno, e por isso foi queimado vivo em 17 de fevereiro de 1600.

Mas cá estamos, em San Sebastiano, eu estudava aqui, vai ali que eu vou tirar uma foto. Eu digo a ela que a última vez que tiraram uma foto minha neste jardim foi no dia da minha formatura. Penso: da última vez que tiraram uma foto minha neste jardim, estávamos todos.

Aquela última vez era 8 de março e logo em seguida aprendi que 8 de março é uma data que devo observar com atenção. É o aniversário de uma jovem mulher, com quem tenho pouco contato e que considero muito, e é a festa internacional de todas as mulheres, eu me formei, e ainda foi o dia do enterro de meu pai.

Hoje não é 8 de março, mas é um pouco depois. Neste último 8 de março eu queria participar de uma manifestação, mas achei melhor ir encontrar Tiziana.

Naquele dia ela precisava ir ao sindicato para saber o que aconteceria com a sua Lei 104,[1] não fazia nem dois meses dos ótimos resultados da terapia. Daqueles, para falar com clareza, que te arrancam o rótulo de doente de câncer e te lançam para a triagem e para você se tornar parte das futuras estatísticas de sobreviventes num período de cinco anos. Esse é o ponto mais feliz que naquele momento poderíamos alcançar. Depois disso, tiraram a 104 da minha mãe na data do dia da mulher.

---

1 A Lei 104/92 versa sobre assistência, integração social e direitos das pessoas com deficiência. [N. T.]

Voltando ao belo jardim de San Sebastiano, por razões até demasiado óbvias de busca de sentido, as palavras de Testoni são para mim, jejuna de filosofia desde tempos imemoriais e de modo geral estudante preguiçosa, especialmente caras.

Ela continua então com o seu raciocínio dizendo o que significa acreditar que somos aniquiláveis quando na verdade não o somos, já que o nada é impossível? Somos desde sempre eternos, desaparecer do cenário é ir a outro lugar.

O que fazem as religiões que assumem a ontologia niilista, a partir por exemplo de Platão, é estabelecer que existe um deus eterno e imutável, daí existe um mundo que oscila entre o ser e o nada, e quem salva é deus, que nos mantém sendo enquanto ele quiser. Então na prática vendem alguma coisa para você que necessariamente já lhe pertence, porque você já é eterno. O que fazem você pensar é no erro de se acreditar aniquilável e dependente de uma vontade suprema, que é a divina, então se você obedece poderá continuar a ser na felicidade, se você não obedece cai em danação. Mas você não pode me vender aquilo que já me pertence por princípio, independentemente do professar uma fé, eu já tenho a eternidade e você não pode tirá-la de mim. Isso me libertou muito.

A pós-graduação

Qual é a missão da pós-graduação em *Death Studies & the end of life for the intervention of support and the accompanying*: esclarecer que aquilo que nós tememos, isto é, o aniquilamento, não tem fundamento lógico, mas é uma fé, uma salvação que nos é vendida a preço de normas, crenças e rituais que...

Aqui há um instante de suspensão porque chegamos à sede de San Trovaso, sala maravilhosa com cortinas vermelhas esvoaçantes, diante de cuja porta aberta Testoni se diz *superfeliz*, afirma que precisa tirar umas fotos, e recorda como Severino se irritava sempre porque os microfones não funcionavam. Passeia pela grande sala e diz que lindo, aponta para uma fila de carteiras ao fundo, eu ficava lá, na última, e eu me espanto (é mesmo? sério?). Ah, sim, porque eram todos jovens, sabe, mas não dá para dizer que os anos tinham parado, eu fazia coisas de adulto, já não tinha dezoito anos, tinha trinta.

Voltando à pós-graduação, este em *Death Studies* é um percurso em que, ao contrário de censurar a morte, colocamos as pessoas em condições de pensar, de raciocinar, de modo que conheçam e se interroguem sobre o problema. Mas, por favor, o discurso de Severino é difícil, dito assim como eu disse apenas expressei algumas coisas, porém ele é extremamente lógico, extremamente complexo.

Comecei a pensar sobre esse projeto em 2007, a primeira edição é de 2008, em 2009 sai a primeira conferência (*Morrer entre razão e fé*), quando confrontei Emanuele Severino e Scola, que era então patriarca de Veneza e que havia sido aluno de Severino.

Eu, desde então, estou trabalhando para que, e a esse respeito escrevi inclusive ao papa, seja retirada a condenação a Severino. Pois acho que se trata de um erro enorme condená-lo, porque ele parte do texto grecizado da Bíblia, que é o texto sagrado das religiões abraâmicas. Mas a grecização, que implica o conceito de criação, que deus criou e invocou a partir do nada, é a tradução de uma revelação conforme categorias ontológicas gregas. Portanto, se grecizamos segundo a ontologia niilista, que estabelece que o vir a ser é a oscilação entre o ser e o nada (portanto morte significa aniquilação *and so on*), então podemos rever o texto original não com as categorias niilistas da ontologia grega, mas com as categorias não niilistas da ontologia severiniana. Essa é a minha proposta, em análise por parte dos teólogos. Se este papa tivesse a força de ser tão revolucionário, a teologia poderia se tornar uma ciência de vanguarda, porque precisamos de um deus não metafísico, o deus metafísico está morto com Nietzsche, chega. Agora esse deus deve se manifestar por meio de uma razão outra, esse é deus, deve ser maior do que o pensamento de qualquer ser humano.

Quem eu convido para dar aulas? Convido quem pode falar das curas paliativas e dos aspectos médicos, do que é o fim da vida, mas também quem pode analisar os aspectos culturais: o ritual fúnebre, o que é o luto, como ajudar os que sofrem. Tratamos dos aspectos psicológicos, ritualísticos, sociológicos e antropológicos, das artes, do modo como representamos a morte. Todas essas coisas eu deixo disponíveis.

Em relação aos alunos, a pós-graduação é muito frequentada por médicos, enfermeiros, assistentes sociais, psicólogos, mas também estudiosos de artes diversas e ainda escritores. Por exemplo, Laura Liberale, que agora é professora, foi aluna. Também Maria Angela Gelati. Daí temos ainda outras profissões: professores de artes, de letras, às vezes jornalistas, estudantes de comunicação. A força da pós-graduação também está um pouco no fato de não haver uma competência específica ou uma profissão que você vai sair exercendo, e se pode partir de qualquer ponto com o próprio saber, então, seja como for, o trabalho com a morte pode ser feito a partir de um corte próprio. A pós-graduação oferece a todos a possibilidade de deixar de lado uma série de saberes e se basear no que é mais importante para cada um.

Eliminação

Há um momento em que Testoni diz vamos ver o meu outro ponto de referência, o Palazzo Nani Mocenigo. O Palazzo Nani Mocenigo no momento já não é uma sede universitária, é um hotel, e espero meio mortificada sua reação, mesmo que não tenha sido eu quem tivesse mudado o destino do palácio.

Testoni, curiosa, quer saber se eu tenho vontade de entrar e depois pergunta à recepção se podemos dar uma volta. Exploramos todos os andares e a minha interlocutora não faz outra coisa além de ficar elogiando as paredes e os estuques pelo esplêndido trabalho de restauração. Diz que maravilha, faz umas fotos, conta para mim o que havia no lugar dos ambientes atuais e nas suas palavras eu não percebo nem sombra daquilo que chamo de saudade ruim, isto é, da saudade carregada de travas e ressentimentos.

Antes de prosseguirmos com as últimas considerações, recuperamos o fôlego sentadas à margem de um canal. Neste momento ela diz algo que eu não ouvia fazia uma vida inteira, no sentido de que talvez não tenha ouvido nunca: ela diz que acha Veneza muito melhor do que quando a deixou.

Ora, eu – como Ginevra não desejo negar o estado crítico desta incrível sopa de algas – posso, no entanto, garantir que ouvir falar bem do lugar em que vivo foi uma inédita e gratificante experiência sensorial.

Considerações urbanísticas à parte, Testoni conta que a eliminação é um problema sistêmico a partir do momento em que não temos mais a solução, porque para nós a morte, erroneamente, significa aniquilação total, então não temos mais coragem de olhar para ela. Desde quando deus morreu no século XX, desde quando o saber científico dobrou o tempo da vida, e no Ocidente graças aos céus estamos muito mais pacíficos e tentamos fazer o menos mal possível, somos aterrorizados pela morte. A censura é normal para nós, mas essa censura é também o resultado de uma contingência, vale dizer que, se acreditamos que a morte seja aniquilação total, então se você quiser viver bem é melhor que não pense nela.

O problema é que já não temos ritos que evoquem o sagrado, porque duvidamos do fato de que eles possam nos dizer algo verdadeiro. Vejo seguidamente que, quando se fala e se coloca o problema, quando faço *death education* para os estudantes, talvez para pessoas que precisam olhar para dentro de si em relação ao próprio terror da morte, eis que o encontrar-se para problematizar cada uma dessas mudanças deixa as pessoas mais felizes. Dá mais sentido à vida, aos próprios dias e ao amor. Porque, se tudo deve ser vivido assim como é, então não tem sentido nem mesmo a relação com as pessoas que você ama; em vez disso, a morte ajuda a não tomar nada como certo. Digamos que precisaria começar antes, precisaria começar nas escolas.

Eu, como Ginevra, neste momento digo que com demasiada frequência não sabemos lidar com a desorientação em situações delicadas como a da hospitalização, e ali acontecem confusões terríveis. Porque são situações que demandam lucidez e rapidez de resposta quando a única coisa que você deseja é a eternidade inteira. Porque nunca se pensou nisso antes. O pensamento sobre o testamento vital e o fim da vida e a administração dos nossos corpos na morte deveria ser todo um pacote de assuntos falados e discutidos, de difusão de informações, a fim de que se saiba o que é possível escolher e como fazê-lo.

Testoni diz que na Itália vigora a lógica do «não se fale disso, a menos que se fale disso de modo normativo». Por consequência, a Lei 219 de 2017[2] está questionando muitos costumes, e enfrenta argumentos de que não funciona, mas não funciona porque não se está fazendo *death education*. Eu estou realizando projetos de *death education* desde o jardim de infância, e as crianças falam disso tranquilamente. Se nós não espalhamos a ideia, não libertamos as pessoas. Façamos então de um modo que as pessoas se encontrem e falem da própria dor, que falem sobre as coisas que importam, que se encontrem e se tornem inclusive voluntárias. Voluntárias no sentido de que, se nós precisamos esconder a morte, as pessoas depois não imaginam que o vizinho possa estar mal ou que não consiga chegar no fim do mês porque precisou deixar o trabalho para acompanhar o cônjuge ou a cônjuge. Pelo fato de termos removido a morte, somos também grandes egoístas. Façamos um trabalho de comunidade, de tomada de consciência coletiva em torno do fato de que se adoece, de que a certa altura não há mais remédio, de que naquele momento ali estamos fragilíssimos, nós e quem está conosco. Desse modo, em vez de desperdiçarmos nosso tempo, poderíamos talvez ajudar quem está perto, e ficar junto na fase em que se dá sentido a tudo o que foi vivido antes. É provável que uma pessoa possa ensinar as coisas mais importantes justamente naquele momento. Então, se

2   Lei sobre o consenso informado e sobre as DAT (Disposições Antecipadas de Tratamento), que aborda, entre outras coisas, os direitos que o doente terminal tem de escolher seu tratamento. [N. T.]

aprendemos isso, tornamo-nos também uma comunidade capaz de dar horizontes de sentido mais amplos e significativos. A *death education* é um pouco isso aí.

Quando vou a Pádua e acabo vomitando

Estou com dois amigos, não nos víamos fazia um ano, há umas tantas semanas expliquei à psicóloga que evito aparecer porque tenho medo de que não queiram mais saber de mim. Ela levanta a hipótese de que talvez a autoexclusão não seja uma boa ideia, e eu suspeito que haja um subtexto que soa mais ou menos assim: colocar-se sempre no centro do universo dos outros não é muito uma boa ideia. De qualquer forma, estamos em Pádua, e não sei se deixo transparecer, mas estou tão feliz de vê-los que pareço um cachorro que se mija todo quando o seu humano volta para casa à noite.

Agora tenho vindo a Pádua com um pouco mais de frequência porque Marianna e Elisa abriram uma livraria-bistrô e eu não consigo resistir ao chamado de livros acompanhados por gim-tônica de qualidade superior. Além disso, em Pádua está Camilla, amor de uma vida inteira, desde os bancos do ensino médio, quando eu usava roupas com remendos em forma de coelhinhos e ela batia a cabeça na carteira porque a alergia não a deixava dormir à noite. Camilla, no que diz respeito ao meu panteon pessoal, é a mãe de todos os peregrinos globais, aquela que pela primeira vez encaminhou o negócio e me deu todas as informações e os encorajamentos necessários. Camilla é a pessoa que às vezes me manda os prints das conversas com os seus peregrinos, e podem aparecer inclusive coisas do tipo «oi, Camilla, estamos aqui, minha mulher e eu, para uma cerimônia que não podemos perder: o enterro das cinzas da vovó no ossuário da família».

Seja como for, o fato é que eu estava com dois amigos, e quanto mais eu me esforço para lhes dar voz menos consigo fazê-lo porque não é assim que funciona. São gigantes com aura de sábios, e, quando vomitei no banheiro da livraria-bistrô porque sou um cachorro que se mija todo e tenho uma aura com os remendos em forma de coelhinho, ninguém achou que fosse o caso de se preocupar.

É comum a ideia do escrever como vampirizar, mas eu tendo a refutar isso em favor do princípio de que para entrar deve-se pedir permissão.

Este é o ponto em que os fãs do horror cult me fazem notar que existem também os vampiros que para entrar pedem permissão, mas agora queria dizer outra coisa, queria dizer que, quando falei para Marianna deste projeto, Marianna me perguntou mas você leu *Tanatoparty*, de Laura Liberale?

Laura Liberale
(*Tanatoparty*)

Este parágrafo poderia se chamar também *Laura faz coisas* ou, para ser mais precisa, *Laura faz uma quantidade monstruosa de coisas, uma mais interessante que a outra*. As tais coisas são todas muito diferentes, mas também muito relacionadas entre si. O denominador comum é, nem precisava dizer, a morte.

Encontramo-nos em um café no Campo Santa Margherita, um dos cafés onde, em anos mais ricos de tempo livre e menos ricos de cuidados com a saúde, consumi muitos aperitivos, muita *grappa* com camomila, cafés preguiçosos. Dois verões atrás eu parei ali para dar um tempo, trazia comigo uma mochila de acampamento cheia de lençóis sujos que levava para lavar. Eu me despedi dizendo vou nessa porque me sinto um pouco estranha, depois vi que estava com trinta e nove de febre. No inverno passado recebi um telefonema que dizia *acabou*.

Acabou, quando você ouve isso aplicado a uma vida, quer engolir de volta todas as vezes que emitiu um meio lamento por tê-lo ouvido aplicado a uma relação.

Com um amigo que às vezes tenta me convencer de que deveríamos todos hibernar e que, na minha opinião, tem tendências cosmistas, falávamos dos pais e geralmente dizíamos *os adultos*. Agora que não podemos mais nos eximir de definir a nós mesmos como adultos, decidimos chamar aqueles ainda mais adultos do que nós de *superadultos*.

Quem sabe como são chamados, no léxico familiar, os superadultos que não são os seus pais mas que têm um papel insubstituível. Quem sabe como se diz quando uma pessoa assim morre, e não há um modo de chamá-la com uma palavra só, nenhuma definição adequada, a não ser *era importante* (é importante).

Então encontro Laura neste café e para chegar lá faço o mesmo caminho de sempre, ou seja, passo por Campo San Pantalon.

Campo San Pantalon é uma espécie de mistério urbanístico, não tem nada ali e ali nada acontece. Aí de vez em quando se passam umas coisas que ficam nos anais.

No verão passado, nos jornais locais, estavam na moda as manchetes sobre drogas. Parece que San Pantalon havia se tornado um ponto comercial de alguma relevância, e que era o caso, portanto, de soar o alarme de segurança. Depois não entendi bem como terminou, devem ter feito algumas batidas policiais e para combater a escuridão colocaram um holofote lá, que é uma espécie de luz de interrogatório que ilumina como um sol o espaço em torno.

Para compreender a natureza da área, seria preciso considerar também que, em 1983, os Siouxsie and the Banshees, na época com Robert Smith, gravaram por ali o vídeo de «Dear Prudence».

Dizem que fizeram sem autorização, e num determinado momento, durante as gravações, apareceram dois policiais fardados para escoltar um sorridente Steven Severin.

Rendas, axilas ao natural, roupas que lembram Casanova, aparições casuais de gôndolas e canais, a torre do sino de San

Giorgio no sol poente. O vídeo abre com um enquadramento precário da banda, que posa em frente à fachada para sempre incompleta da pequena igreja de San Pantalon, aliás, a igreja cujo teto guarda, desde 1704, a maior pintura em tela do mundo, *Il martirio di San Pantalon*. Claro, a lenda diz que isso custou a vida do artista, Giovanni Antonio Fumiani, que caiu do andaime justamente quando terminava a obra, após mais de vinte anos de trabalho.

Encontro

Feito o breve trajeto de casa até Santa Margherita, encontro então Laura e chego à conclusão de que ela é capaz de remexer questões subterrâneas mesmo quando fala de outra coisa.

Ela diz venho de Turim, de uma família operária, precisei arregaçar as mangas cedo, me matriculei em contabilidade, comecei a trabalhar com dezenove anos e nesse meio-tempo comecei a estudar música, mais especificamente baixo. Depois me matriculei em filosofia, matéria que me apaixonava mesmo sem nunca tê-la estudado na escola. Ao mesmo tempo trabalhava em uma empresa de instalações elétricas onde eu fazia de tudo: cuidava da contabilidade, fazia os inventários, acompanhava o menino menor nas tarefas, traduzia do inglês os manuais elétricos para o dono, montava ratoeiras.

Em filosofia descobri a Índia e estudei sânscrito, religiões e filosofias afins. O caminho prosseguiu com o doutorado em La Sapienza, onde me ocupei principalmente do feminino terrificante, ou seja, a deusa Kali, as deusas guerreiras, o tantrismo, o feminino que reabsorve e de alguma maneira exige a promessa de sangue.

Entretanto, a morte sempre esteve presente nas minhas reflexões, era uma obsessão que eu tinha desde menina. Tive uma infância bastante tranquila, mas sempre marcada por esses sonhos de funerais prematuros, enterros prematuros, cemitérios de onde eu conseguia escapar levantando voo, cemitérios animadíssimos em que se podia dialogar e quase ficar cara a cara com o falecido, de modo que era quase uma internet *ante litteram* com todas essas telas interativas. Algo muito desconcertante para uma menina, na verdade eu tinha tiques nervosos e sofri de enurese noturna até os doze anos.

Aqueles anos da infância eram também os anos em que eu aterrorizava as minhas amigas dando uma de hipnotizadora, fazendo reuniões de crianças em que eu falava coisas como e se os nossos pais morressem? O problema da hipnose amadora é que uma vez eu a pratiquei com uma menina que era sonâmbula e ela na mesma noite saiu andando tomada por um surto.

Na verdade eu era também vibrante, me divertia, mas sempre vivi com essa ânsia de precisar cuidar para que tudo ficasse bem; tive crises de pânico, ansiedade, ataques nervosos. Recentemente, decidi me aprofundar naquilo que se pode fazer, por não psicólogos, em relação à hipnose, e vi que em Turim existe um centro de hipnose ericksoniana aberto a todos os interessados. Já fiz o primeiro estágio, agora seguirei também o estágio de conversação e depois o de *coaching*.

Escrever

Comecei a publicar tarde, ela me conta, talvez também pelo tipo de temática. Primeiro as coisas indológicas, depois os primeiros poemas dedicados à minha filha e em 2009 o romance *Tanatoparty*, que foi um parto.

Em *Tanatoparty*, falo de ecoterrorismo, empreendimento fúnebre, feira funerária, plastinação do corpo, Von Hagens. Estava sendo cogitado também um projeto cinematográfico, mas depois encalhou, ainda tenho lá o roteiro, mas acredito que talvez o ambiente não estivesse preparado, certamente não para o mercado italiano. Eu escrevo para entender as coisas que me interessam.

Depois de *Tanatoparty*, ainda continuei com a poesia, meu pai nesse meio-tempo teve câncer e morreu em três anos, com sessenta e cinco. Eu disse a mim mesma vou escrever para ele os meus poemas mais bonitos, e dali nasceu *Ballabile terreo*, que é um anagrama do seu nome e acho que o representa muito. Em 2017, por sua vez, saiu *La disponibilità della nostra carne*, a minha última coletânea de poemas, que, embora não esteja especificado, fala de aborto voluntário.

Pós-graduação

Laura diz descobri a pós-graduação em *Death Studies* enquanto escrevia *Planctus*. Eu estava trabalhando formas de pranto no mundo antigo e comecei a imaginar este grupinho de personagens, que coloca em cena uma série de psicodramas *sui generis* para enfrentar as próprias perdas. Quando de fato me deparo com a pós-graduação e vejo que ela acontece na praça Capitaniato, eu digo que não pode ser a praça Capitaniato de Pádua. Depois de verificar que, sim, era bem aquela, matricular-se foi rápido.

Entre os alunos havia médicos, fisioterapeutas, psicólogos, e você? Eu estou aqui por mim, escrevo.

Com o meu grupo, fiz um *project work* dedicado às fábulas para adultos que estão morrendo, com contos tradicionais não ligados ao campo religioso, que fossem dedicados à travessia, à passagem, às lembranças, ao zombar da morte.

Tivemos também aulas em necrotério, com Chiara Schiavo, tanatoesteta. Com ela tive a experiência de maquiar um cadáver. Essa senhora em quem nós «demos um trato» estava com o esmalte descascando e dava a ideia de uma pessoa para quem o autocuidado era importante, foi bonito penteá-la e restituir-lhe uma imagem de que poderia gostar.

No início, enquanto escrevia *Tanatoparty*, eu estava dividida em relação a esse assunto. A minha posição não era explicitada porque não sabia ainda se eu achava essas intervenções fúnebres uma supressão da morte, um modo de fazer as pessoas parecerem adormecidas. Hoje entendo que não se trata de algo mórbido. Exatamente como no filme de Yōjirō Takita, *Departures* [A Partida], é uma forma de cuidado ligada ao ritualismo.

É isso que somos, é isso que nos tornamos. Há um sentimento de resgate de uma sabedoria antiga de cuidado e acompanhamento.

Terminada a pós-graduação, Ines Testoni me convidou para dar aulas de escrita para a elaboração do luto. Faço isso há quatro anos e no próximo vou me ocupar, sempre como docente externa, também da morte no Oriente, em particular na Índia.

Outro legado dessa experiência acadêmica é a colaboração com Alessia Zielo, que é uma arqueotanatóloga. Com ela, Maria Giardini e Maria Bartolo (psicoterapeutas, uma delas trabalha com o psicodrama), estamos elaborando um projeto de estadia nas montanhas, em lugares totalmente imersos na natureza, com atividades para pessoas em luto que querem escrever, engajar-se nos rituais, na prospecção de si por meio da arqueologia e dos traços naturais. Estou meio que abandonando a escrita criativa em si, agora sinto que devo perseguir outra finalidade e com cinquenta anos acho que posso dizer que se tem uma coisa que eu sei fazer é ensinar transmitindo paixão.

As palavras são fundamentais, e, se é verdade que nós conseguimos encontrá-las, é verdade também que existem pessoas para quem as podemos emprestar. Isso é bonito, e é também a tarefa meio xamânica da escrita. Nesse sentido trabalhamos também nas casas de repouso, estamos nos interessando por *dignity therapy*. A *dignity therapy* foi idealizada pelo canadense Harvey Chochinov e consiste em entrevistar doentes terminais, mas também pessoas em outras situações, como condenados a prisão perpétua e idosos. O objetivo é produzir um documento editado que represente o legado da própria vida, as coisas mais significativas, a herança espiritual.

Continuing bonds #1

Quando falamos de *continuing bonds*, diz Laura Liberale, falamos de um modelo de literatura especializada no luto, que remete ao início dos anos 1990. Essa teoria, em vez de aceitar em sua totalidade o velho modelo freudiano, no qual é preciso desinvestir-se afetivamente do morto e encontrar novos investimentos afetivos, afirma que a ligação não precisa ser rompida, mas transformada de modo adaptativo. Você pode investir afetivamente no novo mesmo mantendo os laços anteriores.

Entre as várias manifestações de *continuing bonds*, em termos fenomenológicos há ainda a de sentir a presença física do morto, e talvez a de recorrer a entidades mediúnicas para obter mensagens. A esse respeito já comecei a entrevistar Manuela Pompas, jornalista de Milão que se ocupou por mais de trinta anos do universo da paranormalidade e da mediunidade.

Como fã dos filmes de terror, sempre fui fascinada por esse contexto. Tive então a sorte de ter um amigo de família, um amigo do meu pai, que era um personagem singular, com quem fazíamos grandes caminhadas nas montanhas. Ele era realmente genial. Desenhava de memória todas as cadeias montanhosas, com as alturas precisas. Era interessado nesses assuntos e desde pequena ele me falava de clariaudiência e de tabuleiro ouija.

Então desde muito jovem participei de algumas sessões espíritas, em uma delas recebi uma mensagem que me aconselhava a não procurar coisas que eu não pudesse entender e daí eu parei.

Além do mais, não sigo nenhum tipo de confissão religiosa, tenho a minha espiritualidade sem igreja, isso permite me aproximar do assunto com grande abertura. Na família tivemos episódios peculiares, provavelmente são fenômenos pertencentes à esfera física e natural, mas que ainda não entendemos. Em Pádua, por exemplo, no departamento de psicologia, há um grupo de pesquisa que está se ocupando de *Science of Consciousness*, de *Out of Body Experience* e *Near to Death Experience*. O tema está sendo tratado também na esfera científica, saindo um pouco do nicho do «paranormal».

Continuing bonds #2

Laura, eu dizia, remexe coisas subterrâneas. Não peço a ela, mas ela percebe o momento em que preciso sair para fumar um dos meus cigarros cada vez mais ocasionais. Com dificuldade, conto-lhe a respeito de quando sonhei ter perguntado ao meu pai por que você está triste?, e ele me respondeu não estou envelhecendo. Naquela época ele me visitava com frequência, ou eu o criava com frequência. De manhã, quando acordei, depois de tê-lo a noite toda na poltrona do meu quarto, desconsolado, a lhe dizer veja que não precisamos levar você embora logo, podemos ficar mais tempo, podemos nos informar (como se fosse possível ampliar o controle, inclusive da doença, com o poder da organização), pedi para a minha cabeça colocar um filtro. Pedi isso em voz alta como um ritual, e desde então não tenho mais recebido mensagens, ou não tenho mais criado nenhuma.

Quando entramos novamente, Laura sabe que preciso de um sonho em troca e diz era um dia em que eu estava tirando um cochilo vespertino, sabe quando você quer acordar mas não consegue abrir os olhos? Em determinado momento eu estava em uma casa que não conhecia. Havia escadas, era um ambiente completamente despojado, com paredes muito escuras, duas cadeiras no centro e uma janela. Ouço tocar uma campainha, lá de baixo meu pai sobe as escadas de camiseta e calção igual a quando trabalhava na horta, eu o abraço e sinto bem o seu cheiro, o cheiro da sua pele. Digo a ele mas então você voltou, sentamo-nos em uma cadeira e eu digo sabe, mamãe não consegue sonhar com você, e ele é por isso que fica chorando. Pergunto-lhe então me diga como é estar do lado de lá, diga, agora você pode me dizer? E ele responde não posso dizer porque não me deixam, não é possível que eu conte isso. Depois começo a ouvir um som vindo da janela, sabe aqueles cornos tibetanos com um baixo contínuo, e ele diz escute, estão me chamando, preciso voltar. Preciso voltar inclusive porque você não vai ficar bem se continuarmos juntos, você está tremendo de frio, eu devo ir embora para que você possa ficar bem.

Acordei tremendo, a temperatura havia baixado e eu estava com muito frio. Acordei ouvindo em cima de mim o revoar de dezenas e dezenas de passarinhos, e não era um sonho, era diferente de todos os outros sonhos, aqueles pássaros eram como psicopompos.

Animus

A Índia, o mundo oriental em geral, tem muito a nos oferecer. Primeiro, a aceitação da instantaneidade do todo: nascemos e morremos a cada instante com uma ilusão de continuidade tanto física quanto psíquica, mas estamos em constante mudança. Aceitar então que talvez aquele momento último será apenas mais uma transformação. Provavelmente não haverá mais aquela sensação de continuidade, quem sabe ela se transforme em uma dissolução no todo, na unidade, ou em uma conservação temporária, quase como um bardo (na cultura budista há uma fase transitória, em que o princípio consciente individual vagueia durante quarenta e nove dias em um estado de existência intermediária). Ou haverá um nada, e então, como dizem os filósofos, não vai nos interessar mais, não sei, mas aceitar que somos todos parte e estamos todos inter-relacionados é um pouco aquilo que descobriu o Buda quando obteve a iluminação. Todas as coisas são correlatas e isso leva a um sentido de responsabilidade global. Uma vez eu disse ao meu pai: papai, você tem medo da morte? E ele respondeu não, de morrer não, talvez de sofrer, porém eu acredito que eu sou você, você é aquele outro e somos todos uma única coisa.

Parece new age, mas isso agora é muito importante à luz dos desastres completos que estamos provocando. Transcender o ego, entender que eu não sou só eu, o meu corpo, a minha estrutura psíquica, que tudo isso não é meu.

Dito isso, para mim agora a verdadeira prioridade é cortar o máximo possível a crueldade da existência, e é muito mais urgente do que qualquer reflexão sobre a morte. Estou trilhando um percurso pós-humanista e antiespecista, consegui voltar a ser vegetariana, não tenho medo de pensar na morte e de tocar em cadáveres, tenho medo do horror das criações e cultivos intensivos. Agora quando me aproximo de um filósofo me pergunto qual é a sua posição em relação aos animais, por isso gosto mais de Derrida do que de Heidegger, e Descartes se tornou um pária para mim, por mais que eu tenha começado com ele o meu caminho na universidade. Ler estudos de etologia tira de mim o medo da morte porque me sinto pertencer a este grande conjunto ampliado; há um poema que diz morrer como o gato de casa, virando-se para o outro lado, simplesmente. Penso que talvez nós tenhamos tornado a morte muito mais complicada do que ela é, quem sabe pela via da consciência e da linguagem. Também por isso a minha poesia, que já era minimalista, caminha cada vez mais para a rarefação, para a tentativa de evitar o desperdício de palavras.

A volta para casa

Não sei por que ele escolheu justamente este lugar, nem se sabia sobre o tesouro da pequena igreja, sobre o ponto de tráfico, sobre a aparição *glam* da new wave. O fato é que, dois meses depois do encontro com Laura Liberale, um naco de San Pantalon tornou-se a tela de uma obra de Banksy. Uma menina migrante com um colete salva-vidas está de pé, olha para nós e agita um sinalizador que produz uma nuvem de fumaça rosa. Banksy a imprimiu na parede de uma grande casa abandonada. Uma casa vazia, fantasmagórica, para a qual eu nunca deixava de olhar toda vez que passava. Sempre achei que fosse esplêndida e impossível de ser abordada, pela carga de não vida. Banksy faz essa coisa, milagrosa no sentido mais literal, de dar a ela uma possibilidade de voltar a esta dimensão. Não sei se alguém vai se encarregar da casa ou se continuará sua ruína, mas agora quando olho para ela não me arrepio, porque ali nos foi dado um símbolo, que é um selo e uma proteção.

Quando vou a Parma e mantenho uma conduta equilibrada

Primeira e segunda

A primeira vez que passei por Parma, quase sem me dar conta, eu estava com meu pai e paramos para comer *grissini* e presunto no carro. A segunda vez que estive em Parma, dessa vez de forma autônoma e consciente, foi para o lançamento do meu primeiro livro na livraria independente de Alice e Antonello.

Colina

Se ao dormir eu tiver pesadelos, eles se passam quase sempre na casa do vale, não é bem noite e certamente não é dia, é mais um mundo em que o sol caiu e no seu lugar ficou um substituto esquálido e cinza. No sótão, no andar de cima, no banheiro, na pequena cozinha, embaixo das mesas existe alguma coisa terrível e não há dúvida de que devo sair da casa, se eu conseguir devo ainda me afastar o máximo possível, mas os passos são pesados demais, os caminhos não levam a parte alguma, posso apenas procurar um lugar alto de onde me jogar para voltar atrás.

Com o pequeno cemitério da colina, por sua vez, eu sonhei só uma vez e era um sonho luminoso. Algo parecido com um dia pleno e os túmulos, além de estarem cheios de flores, eram ainda guardados por criaturas míticas: alguns por um gigante de pedra, outros por uma ninfa com milhares de milhões de cabelos loiros. Ela no caso guardava o lugar da menina.

No vale, sei que em termos de tópos eu já expliquei pelo menos um par de vezes, não é que existisse muito o que fazer. Então, entre as atividades possíveis havia a de caminhar até o cemitério com Teresa. Enquanto Teresa arrumava o túmulo dos grandes, vira e mexe eu me encontrava arrumando um túmulo dos pequenos. Entre as sepulturas mais velhas, aquelas sobre o gramado, havia esta lápide partida em duas, tão velha que a inscrição, talhada com cinzel, não podia mais ser lida (quantas vezes eu tentei com o dedinho acompanhar o contorno para conseguir uma data, um nome), a foto em si era pouco mais do que um fantasma, mas ficava bem claro que era a imagem de uma menina com um gorrinho (ou um menino? para mim era uma menina), realmente muito pequena, talvez de uns três anos. Eu levava flores do campo para ela e algumas coisas que pegava dos grandes buquês profissionais da minha avó, tudo fruto do seu jardim exuberante, tão exuberante que (ela contava com certo orgulho) os ciclistas paravam para perguntar se podiam fotografá-lo. Eu pedia permissão para pegar um ou dois ramos para a menina e ela deixava. Depois eu acrescentava ao maço nuvens de não-me-esqueças e microscópicas flores brancas selvagens colhidas no gramado do entorno. Fazia combinações, batia na pedra como a dizer que eu estava ali. Não saberia dizer quanto tempo durou essa prática de arrumação, mas sei que no início meu pai dizia que era uma coisa muito bonita que eu lhe fizesse companhia. Depois de um tempo levantou a hipótese de que talvez eu estivesse exagerando, e eu, que fiquei meio mal mas sempre tive grande ou quem sabe demasiada consideração pelo parecer dos meus superadultos, fui parando aos poucos. Agora notei que não há mais nada naquele espaço, apenas grama, mas algo de mim concedeu àquela menina uma proteção, e no pequeno cemitério ofuscante a ninfa loira ria e me dizia aqui há luz. Foi a primeira e única vez que um sonho ambientado no vale não terminou em medo.

Quando comecei a escrever, passeando pelo pequeno cemitério real, não o do sonho, aconteceu que, caminhando e pensando no que fazer com este livro ainda todo por ser escrito, olhei para a parede dos nichos até enxergá-la de verdade, e vi que era o formato do Facebook. Eu não sei se tinham pensado nisso desde o início, ou se o designer foi inconscientemente influenciado por, ou se foi um acaso porque para nós, humanos modernos, é normal reconhecer um determinado padrão, no entanto, pensando bem, a parede com os nichos tem a forma do Facebook e o Facebook tem a forma da parede com os nichos.

Terceira

A terceira vez que estive em Parma foi para colher o último encontro desta coleção.

Maria Angela Gelati e Marco Pipitone
(O Rumor do Luto)

> O rito precisa de um lugar real para se realizar, já que a força do imaginário ou o espaço interior não são suficientes.
>
> Maria Angela Gelati, *Ritualidade do Silêncio —*
> *Guia para o cerimonial fúnebre*

As publicações on-line de Maria Angela Gelati foram talvez a primeira base de informação que eu encontrei, e de que parti, para a elaboração deste projeto. Depois de um percurso de cerca de um ano e meio, ele não podia terminar de outra forma que não fosse com a sua contribuição e a do seu parceiro Marco Pipitone.

Maria Angela Gelati e Marco Pipitone são os idealizadores, diretores e curadores do projeto cultural *Il Rumore del Lutto*, ciclo de eventos que há treze anos acontece em Parma e é inteiramente dedicado ao tema da morte.

No dia 29 de março de 2019 eu peguei o trem para encontrá-los em Parma (apenas dois dias depois eu desceria em Pésaro para encontrar I Camillas, única incongruência cronológica na estrutura do livro, uma vez que I Camillas não se submetem às regras do espaço-tempo e uma vez que, sejam compreensivos, eles me caíram bem no capítulo cinco).

Chego ao encontro acompanhada da amiga que me hospedará à noite. Petra, esse é o nome dela, é uma psicoterapeuta que conheci há uma penca de anos graças a um programa de rádio dedicado a viagens. Já é a segunda vez que ela me abre as portas da sua casa. Com grande generosidade investe tempo e energia cozinhando comida saudável para mim e me levando para os rolês noturnos mais diversos cheios de eventos imperdíveis. Isso tudo, ao longo dos anos, me levou a pensar que de duas uma: ou Parma é o centro do mundo, ou Petra é a melhor *event planner* que eu conheço.

Seja como for, chego ao encontro com Maria Angela Gelati e Marco Pipitone, e, assim que nos vemos, penso que, como muitos outros profissionais, também apaixonados pela música, eu poderia encontrá-los tanto em uma conferência como em uma noitada de música ao vivo no Clubinho.

Sentamo-nos em um bar, o sol é encorajador, e Maria Angela conta como desde a universidade começou a se dedicar a esse tema. Diz eu me formei em 1996 e na época na Itália havia pouquíssima pesquisa, eu estudava os cemitérios ao longo do rio Pó. Em termos profissionais, sou uma tanatóloga e, basicamente, uma historiadora contemporânea, e ainda tanto eu quanto Marco somos ambos publicitários.

O tanatólogo hoje é uma figura profissional que se ocupa de mudar uma mentalidade, propondo eventos e iniciativas para que essa mudança, ligada à *death education*, tenha efetivamente início e possa prosseguir até alcançar objetivos reais. Comecei com umas publicações e experiências profissionais na formação até me aproximar da pós-graduação de Ines

Testoni, em que hoje dou aulas. Agora lido sobretudo com ritualidade aplicada e ritos fúnebres.

Marco Pipitone (além de cofundador do projeto, também fotógrafo, DJ, jornalista) diz que *Il Rumore del Lutto* é um ato tanatológico. A ideia era despertar ou mudar o que as pessoas estão acostumadas a pensar sobre a morte. Então achamos que em Parma haveria a possibilidade de ampliar o dia de Finados por meio de alguma outra coisa, levando essa ideia para o coração da cidade, para o mundo dos vivos. A primeira ideia tomou forma um sábado à tarde, enquanto atravessávamos a ponte da rua d'Azeglio para chegarmos a Oltretorrente, que é, aliás, a zona alternativa da cidade. Queríamos muito tirar a reflexão do cemitério.

Eu, como Ginevra, não resisto e então pergunto mas como os caminhos de vocês se cruzaram?

Nós na vida somos marido e mulher. E eu digo que não sabia, que nem tinha imaginado isso. E eles explicam nós somos muito unidos, mas meio que não deixamos isso transparecer fora, queremos divulgar o projeto mais do que a nossa vida privada.

Marco diz sabe que a nossa história nasceu enquanto ela escrevia a tese. Maria Angela vivia em Mântua enquanto eu morava em Parma, assim todo domingo ela ia aos vários cemitérios onde desenvolvia a sua pesquisa. A música também sempre nos uniu muito, e esse elemento também se reflete nas escolhas do projeto.

Em relação ao seu percurso, Maria Angela diz comecei a me fazer perguntas já desde jovem adulta, desde adolescente, e não obtendo grandes respostas me apaixonei sozinha por determinadas leituras, que depois se tornaram uma busca espiritual. Em seguida descobri que o tio do meu pai vestia os mortos como voluntário. Ele podia estar lá no boteco jogando baralho e quando morria alguém na cidade ele era chamado. E ainda nós tínhamos um número de telefone em casa que, exceto por um número, era igual ao da maior funerária de Mântua, e obviamente acontecia que nos ligassem por engano.

Marco aproveita para acrescentar que, na sua opinião, foi também uma questão geracional. Diz na nossa geração as pessoas mais criativas estavam voltadas para um certo tipo de leitura e de estímulo. Também o meu percurso nasce daí, pois o acaso não existe e eu sempre me vi envolvido em contextos nos quais a morte era considerada de modo não superficial. Aos dezoito anos eu trabalhava como florista e preparava as coroas para os caixões, desde pequeno e depois como fotógrafo as cruzes sempre foram a minha paixão, um símbolo potente e maravilhoso independentemente da sua conotação espiritual. O acaso não existe, e depois eu a encontrei, e ela tinha essa vocação, essa tensão diante da morte, que foi um elemento que, pode-se dizer, fez com que nos apaixonássemos. Nos anos 1980, em termos estéticos, éramos os dois darks, mesmo sem nos conhecermos ainda, e calcule que em Mântua devia haver mais ou menos uns dois, em Parma talvez fôssemos três.

Pergunto nunca aconteceu de vocês terem sido julgados como estranhos?

Maria Angela responde claro, já desde quando propus a tese. Tanto é que no dia da defesa levei duas bandejas de bolachinhas em forma de ferradura. Depois de ter visto pragas e maldições de todas as partes, eu disse desculpem professores, mas agora fiquem tranquilos.

Fissura

No dia 1º de novembro de 2007, eles dizem, começamos provocando, com um evento que se chamava *Em torno de Pier Paolo Pasolini* e que coincidia tanto com o aniversário da sua morte quanto com o dia de Finados. Hoje podemos dizer que, diante de um projeto dificílimo, nós encontramos as portas abertas em Parma, agora também com o patrocínio de cidades e universidades. A nossa associação se chama Segnali di Vita, como a canção de Franco Battiato que está no álbum *La voce del padrone*.

Até o nome do projeto quis ser uma provocação: na hora de escolhê-lo não quisemos usar eufemismos, e de fato as reações foram diversas. Há os entusiastas e os que dizem que é violento demais, vocês podiam ter usado *o som* do luto, deviam ter encontrado metáforas, que era exatamente o que não queríamos fazer. Queremos romper os tabus, não por acaso o logo consiste no nome do projeto cortado ao meio por uma fissura.

O Rumor do Luto é dedicado a todos, dos três anos em diante; se, por exemplo, você vai assistir ao nosso clássico espetáculo de marionetes em que as crianças riem da morte, isso é justamente *death education*, e está aberta a todos. Na verdade, falamos de morte para falar de vida.

O projeto

Geralmente fazemos a abertura na universidade, com uma conferência interdisciplinar, depois o festival prossegue com uns quarenta eventos ao longo de quatro ou cinco dias. No ano passado tivemos trinta e oito encontros e seis mil e trezentas presenças, superando os números da edição anterior. Há espetáculos teatrais, eventos em livraria, sessões noturnas de cinema, mostras de arte e fotografia. Depois tem ainda o jantar do reconforto, que agora já virou tradição: é aberto a todos, mas aparecem principalmente pessoas que precisam falar sobre a questão por terem-na vivido. No ano passado fizemos um espetáculo de drag queen que se chamava *Mortas de rir*, que fez um sucesso tão clamoroso que o faremos novamente.

Daí existem ainda eventos no cemitério monumental, no salão de despedida do templo crematório, onde durante aqueles dias as pessoas visitam o Jardim da Memória, mas sem uma figura religiosa ou leiga que diga alguma coisa, então nós propomos leituras ou performances poéticas que muita gente acompanha. Um evento de destaque é sem dúvida o Baile de preto, que quer evocar a era vitoriana, o banquete e as joias fúnebres. Está claramente conectado também ao imaginário musical dark, gothic e post-punk. Partindo do princípio de que o dia dos mortos, ainda que não se diga, é uma festa, nós pensamos: vamos fazer uma festa de verdade, onde haja comida, risada, dança, e assim voltamos ao tema da vida.

A proposta é extremamente diversificada e em contínua transformação, fizemos também uma missa, e uma conferência que envolveu todas as comunidades religiosas da região. Nunca abrimos espaço para afiliações políticas porque não queremos depois ser instrumentalizados. O Rumor do Luto é um projeto cultural e intercultural, isso nos permite continuar livres.

Death education

Temos a impressão de que em termos territoriais a mensagem esteja chegando, seja por meio do projeto, seja por meio das oficinas que fazemos nas escolas há anos. Por exemplo, nos funerais, porque obviamente cabe também a nós participar de funerais, começamos a ver a presença das crianças, algo que até alguns anos atrás não era nada comum. Nas escolas tivemos dificuldade para entrar e ainda agora não é simples, mas criou-se uma boa rede. O problema com os cursos de *death education* é que são cursos de prevenção primária, só que em vez disso ainda há a tendência de sermos contatados, se formos contatados, quando o luto já ocorreu, daí a partir desse ponto torna-se prevenção secundária.

A situação às vezes é paradoxal, porque de um lado é um tema amplamente reprimido, mas, quando então você fala de morte, há uma recepção quase certa. Você vê isso nos eventos, nas séries de TV, nos filmes, na música: é um tema que gera uma atração tangível e que está de certo modo explodindo.

Mas por outro lado as lacunas sobre a *death education* são enormes, muitas pessoas não conhecem as curas paliativas, não conhecem a Lei 38 de 2010. Nós fazemos palestras em hospital, ou nos manicômios, inclusive para informar e sensibilizar a respeito desses temas.

Hoje é tudo diferente em relação ao mundo em que nós dois crescemos, mas não dizemos isso com amargura. Agora, historicamente, estamos na fase da invenção. Viemos de algo tradicional, forte, comunitário e diante de nós temos tantas possibilidades que estamos nos inventando inclusive para superar as coisas que nos geram angústia.

Sétimo

Pensamos que esse era um caminho, o de parar de fingir que nada aconteceu, e de tentar envolver as pessoas em uma partilha, que é algo importante principalmente numa sociedade individualista que deixa pouco espaço para você pensar no outro.

A volta para casa

Já na casa, embora por algumas horas, de Sacca e dos peregrinos globais, pensei no assunto da discrição em gerenciar um relacionamento em público, nos altos e baixos, no estado de cativeiro doméstico de que falamos várias vezes, na centralidade da música, mas principalmente pensei em quanto é fundamental, talvez libertador, um certo jeito de interpretar e contar o mundo.

Já faz algum tempo que se espalhou no ramo de negócios do turismo a moda de vender experiências capazes de restituir ao cliente um sentimento de autenticidade. Discutíamos isso, e Sacca me dizia: eu iria propor para os turistas que pedem uma experiência que fossem atrás do Alvise, do viciado de Sant'Alvise (sabe-se que, neste caso, o jogo retórico consiste no fato de que Sant'Alvise é uma região de Veneza, Alvise um nome muito difundido na ilha, e os problemas de drogadição não muito incomuns).

Depois continuava dizendo outro dia um idoso estava atravessando a ponte e uns rapazinhos pararam para bater nele com um cinto, daí um conhecido viciado da região, que estava trabalhando em um barco, ao perceber a cena, subiu e bateu nos rapazinhos com uma corrente. Que, se pensar bem, concluía Sacca, vista por um turista, eu acho que a situação pode ser considerada uma experiência única.

Fim
(primavera-verão)

Sacca a certa altura declarou que, para não terminar este livro, eu construiria uma escadinha com as próprias mãos, me cobriria de cola Vinavil e penas e iria até os pombos no telhado para tentar convencê-los de que era da turma deles.

Bem agora que estou terminando, ele disse que a partir de amanhã quer me ver escrever todos os dias, e que não pretende mais ficar nessa situação dos infernos, que eu não escrevo por anos e daí de repente eu encho o saco de todo mundo porque preciso fazer e terminar. Eu lhe respondo que só falo na presença do meu unicórnio. Então ele diz o.k., vou nessa, e sai do quarto B, em que estou trabalhando porque estou livre de peregrinos até as 15h.

Por que

Escrevi este livro por alguns motivos, e o primeiro é porque a liberdade é a coisa mais linda do mundo, mas sem conhecimento não existe liberdade e sem escuta não existe conhecimento.

Busquei conversar com pessoas díspares, profissionais do próprio setor, porque não sou uma acadêmica, não sou uma pesquisadora, e, para conhecer este mundo tão delicado e, como disse Simona Pedicini, tão poético, eu precisava escutar, depositando toda a confiança nas palavras dos meus interlocutores.

Quis encontrar também subjetividades fora do setor específico do luto (Rose, I Camillas) porque, parafraseando Marco Pipitone, o acaso não existe, ou quem sabe existe, e então tenha me dado de presente o encontro com pessoas dotadas de grande sensibilidade, com uma voz única para narrar a vida, o fim da vida, a fusão das dimensões, o próprio corpo mortal.

Escrevi este livro para responder à pergunta de qualquer um que se questione se está errando ao escolher um caminho diferente do comum, ou mesmo próximo do comum, a qualquer um que se questione se está errando ao escolher (na vida, na saúde, na doença, na morte) o que julga adequado e oportuno e correto para o próprio percurso, o próprio sentir, a própria pessoa.

Espero que não seja por demais óbvio se nas conclusões eu deixo claro que não, não estamos errando.

Algo há muito adiado
(Patrizia, perfeição intacta das pedras)

Em 23 de janeiro de um ano atrás eu me deitei em uma casa excepcionalmente vazia. Naquela noite, no presídio masculino, ouvi batidas, eu passava por lá e pensava que era um show de percussão. As batidas significam que os presos estão protestando e batem os utensílios que têm à disposição contra as grades, por minutos, por horas, com uma coordenação impensável e não sei se intencional ou não. Parei diante da prisão e não queria me mexer porque se o fizesse chegaria o telefonema indicando que o movimento do universo estava indo no sentido errado. Ficou claro mais uma vez que a inação não impede o universo de fazer aquilo que bem entende.

Naquela noite sonhei com você esplêndida em uma camisa vermelha, os grandes olhos azuis sob os arcos das sobrancelhas negras como os cabelos, muitos e curtos. Você chegava com as suas próprias criaturas, que ouso chamar de amigos, que têm os seus mesmos olhos e os mesmos silêncios. A esses dois, que me deram permissão para te saudar tanto dentro quanto fora do sonho, deixo a minha maior gratidão. Preciosa entre as pedras, voz mineral, um pouco áspera na fala, no riso cristalino. Nós nos abraçamos e você disse vou para lá.

Fim

Em mais de uma ocasião me peguei perguntando sobre recordações das quais os outros não se lembram. Trata-se daquele fenômeno comum a quem memoriza minúcias, precisas como replay de vídeo, e pelo único fato de recordá-las atribui a elas uma grande importância.

Eu tenho sorte, porque as amizades que eu provoco com esses retalhos, mesmo no anonimato, são aceitas de bom grado, e incorporadas por meio de enxertos postiços na própria narrativa pessoal.

No entanto, a certa altura senti o grande cansaço do gravador e parei de anotar as coisas de que eu esqueceria, mandei a cabeça acompanhar o já natural percurso da idade e agir com mais preguiça, demorando-se em lembrar de mais frames de uma série de TV que falava da exata cronologia das ações do dia, da semana, do mês. Agora tudo está junto e misturado e um pouco eu lamento, um pouco não.

Antes, porém, houve o acúmulo das minúcias, e entre elas uma que os que moravam na casa de Elezi adoram ouvir várias vezes, mesmo não se lembrando de que tudo aquilo aconteceu. Um dia, que terá sido abril de 2013, mais ou menos às quatro da tarde, eu estava no telefone com Tiziana, falávamos não sei bem do quê. Giulia, Silvia e Norman estavam na cozinha, eu no quarto-túmulo. Eu falava ao telefone e a certa altura ficou difícil ouvir porque da cozinha vinha uma grande confusão de copos e risadas e gritos. Eu digo mãe, não sei o que está acontecendo mas eu não te escuto, mãe, fala mais alto porque estão fazendo uma contagem regressiva (contagem regressiva? contagem regressiva). Foi então que ouvi a rolha do espumante voar e vi Giulia, Silvia, Norman invadirem o quarto-túmulo com as taças já cheias e colocarem uma na minha mão gritando feliz Ano-Novo, feliz Ano-Novo. Foi então que eu disse à minha mãe: mãe, preciso desligar porque aqui parece que estão comemorando o Ano-Novo. E minha mãe, em alto e bom som, respondeu comemore, Ginevra, comemore.

Agradecimentos

Marco Sacca, pelas coisas da vida.

Marco Duse e Cristiano Valli, primeiros leitores.

Jacopo Marchini, Aurelio Tushio Toscano e novamente Marco Duse, pelo apoio fundamental nas questões práticas.

Novamente Marco Sacca, por ter criado Flat (a associação com Mestre ao redor) e ter trabalhado nisso sem descanso. Dr. Douche, Nina db, Giorgia-Debbie, Grizzly, Roberto, por terem tornado a última temporada de eventos um lugar lindo aonde voltar quando me lembro dela.

Das Andere

1. Kurt Wolff
   Memórias de um editor
2. Tomas Tranströmer
   Mares do Leste
3. Alberto Manguel
   Com Borges
4. Jerzy Ficowski
   A leitura das cinzas
5. Paul Valéry
   Lições de poética
6. Joseph Czapski
   Proust contra a degradação
7. Joseph Brodsky
   A musa em exílio
8. Abbas Kiarostami
   Nuvens de algodão
9. Zbigniew Herbert
   Um bárbaro no jardim
10. Wisława Szymborska
    Riminhas para crianças grandes
11. Teresa Cremisi
    A Triunfante
12. Ocean Vuong
    Céu noturno crivado de balas
13. Multatuli
    Max Havelaar
14. Etty Hillesum
    Uma vida interrompida
15. W. L. Tochman
    Hoje vamos desenhar a morte
16. Morten R. Strøksnes
    O Livro do Mar
17. Joseph Brodsky
    Poemas de Natal
18. Anna Bikont e Joanna Szczęsna
    Quinquilharias e recordações
19. Roberto Calasso
    A marca do editor
20. Didier Eribon
    Retorno a Reims
21. Goliarda Sapienza
    Ancestral
22. Rossana Campo
    Onde você vai encontrar um outro pai como o meu
23. Ilaria Gaspari
    Lições de felicidade
24. Elisa Shua Dusapin
    Inverno em Sokcho
25. Erika Fatland
    Sovietistão
26. Danilo Kiš
    Homo Poeticus
27. Yasmina Reza
    O deus da carnificina
28. Davide Enia
    Notas para um naufrágio
29. David Foster Wallace
    Um antídoto contra a solidão

30 Ginevra Lamberti
   Por que começo do fim

31 Géraldine Schwarz
   Os amnésicos

32 Massimo Recalcati
   O complexo de Telêmaco

33 Wisława Szymborska
   Correio literário

34 Francesca Mannocchi
   Cada um carregue sua culpa

35 Emanuele Trevi
   Duas vidas

36 Kim Thúy
   Ru

37 Max Lobe
   A Trindade Bantu

38 W. H. Auden
   Aulas sobre Shakespeare

39 Aixa de la Cruz
   Mudar de ideia

40 Natalia Ginzburg
   Não me pergunte jamais

41 Jonas Hassen Khemiri
   A cláusula do pai

42 Edna St. Vincent Millay
   Poemas, solilóquios e sonetos

43 Czesław Miłosz
   Mente cativa

44 Alice Albinia
   Impérios do Indo

45 Simona Vinci
   O medo do medo

46 Krystyna Dąbrowska
   Agência de viagens

47 Hisham Matar
   O retorno

48 Yasmina Reza
   Felizes os felizes

49 Valentina Maini
   O emaranhado

50 Teresa Ciabatti
   A mais amada

Composto em Bembo e Akzidenz Grotesk
Belo Horizonte, 2023